U0469576

我在南京没有朋友

朱山坡 著

上海文艺出版社

目录 | Contents

捕鳝记

有月光更好，没有月光也成。沿着弯曲窄小的河流一直往上走，一个夜晚下来总能捕到半箩筐的鳝鱼。

当然，这是好多年前的事情了。父亲说，那时候，每到夏天，直至初秋，他总跟他的父亲也就是我的祖父一起，打着火把，拿着长长的竹夹子，那些肥胖得像蛇一样的黄鳝从淤泥里钻出来静静地躺在泥面上等待他们的捕捉。有时候，蛇和鳝分不清楚，往往误将蛇放进箩筐里。但无论如何，鳝鱼总会比蛇多得多。现在不一样了，鳝鱼越来越少，像冬天的蛇几乎找不着它们的踪迹了。它们往哪里去了呢？它们会不会宁愿闷死在泥里也不出来？但我们仍然得捕捉鳝鱼到镇上换取粮食充饥，像村子里的其他人一样，否则挨不到冬天便会饿死。

母亲好几天不见踪影了。我和弟弟都不知道她究竟去了哪里。父亲也不肯告诉我，他说他也不知道。他肯定知道。我们猜测母亲肯定是丢下我们逃荒去了。但我们又否定了自己的瞎扯，因为母亲瘫痪一年多了，从未离开过床，她都快变成床的一部分了。父亲说，等到我们捕获一箩筐的鳝鱼，母亲便会出现在我们的面前。因为母亲早就想吃一顿鲜美的鳝鱼粥，满满的一锅，里面除了米，全是肥腻的鳝鱼片，黄澄澄的，粥面上洒上零星的葱花，馥郁的鱼香能引来很多蝗虫、飞蛾、蟾蜍和蚯蚓。母亲说，能吃上这样的一顿，死也瞑目了。可是，母亲躲起来有好多天了。

入夜，我便迫不及待地跟随父亲出发。我们要走在其他人的前头。出发前，父亲依照习俗，双手抓着点燃的三根香对着东方喃喃说了一些我听不懂的话，大概是请众神保佑今夜此行的路上顺顺利利，不要碰上鬼魂。我们的口袋里有神符，能避邪气。但这并非绝对保险，村里曾经有人在捕鳝的时候被鬼魂缠上了，迷失了方向，在方寸之地徘徊了整整一晚，画地为牢，步履杂乱，直到第二天有人扇他的耳光才清醒过来。这还是幸运的，李清福父子入夜出发捕鳝，直到第二天中午还不见回来，傍晚有人在一个水潭里找到他们的尸体。那个水潭哪能淹死人啊？连狗也淹不死。听人说，他们是中了邪气。黑夜一降临，邪气便跟随而来。你别看夜晚里什么也没有啊，其实什么都有，只是你看不见。三个弟弟被拒绝参与，因为他们面黄肌瘦，在夜晚里像鬼影一样，父亲把他们锁在家里，饿得像三只鹅在叫。夜色浓郁，甚少月光。我拿着火把。火把的残烬落在我的手上，我感觉不到灼疼。火把的热浪把我烤得汗流满面。父亲沿着河流，猫着腰，盯着浅水的河面。我的火把足够把河流照亮，并且能恰当在照到父亲希望照到的点上。父亲对我很满意。我们走得很快，因为对河床一目了然，河床上没有鳝鱼。最让人激动的是我们把一根弯曲的树枝当成了鳝鱼，父亲的夹子慢慢伸过去，它没有察觉，父亲猛地一夹，发出一声卡嚓，树枝断成两截。父亲沮丧地说，这年头，连鳝鱼也善变了。

没有谁知道这条河流有多长。我们转了几道河湾，穿过了几片辽阔的原野，翻越了两三座山坡，离家越来越远了。猫头鹰在附近的树林里发出哀鸣，把那些蛙、虫吓得不敢发出声音。我听得见父亲沉重的脚步声和喘息以及自己饥肠辘辘的咕噜。我喝了口干净的河水。父亲知道我是饿了。如果能捕到一条鳝，哪怕是一条蛇，他肯定会就地烤给我吃。可是，我们仍然继续行走，清澈见底的河床除了沙石和泥土什么也没有。火把的薪料换了一次又一次。夜深了。山峦和树林遮挡了黯淡的月光。父亲的耐性不断流失，像河水一样。他的脚步越来越快，以至我跟不上了。父亲走到了黑暗的前面。我看不到他。

“爸爸。”我喊。

父亲在黑暗中回答：“你慢一点，前面肯定有鳝鱼，它们搬迁到前面去了。”

“爸爸。”

“它们就躲藏在河的上头，它们以为我们不知道。”

我加紧了脚步。可是我的腿太沉重，像陷入泥潭里拔不出来。火把也变得沉重了，我举的不是火把，而是擎天之柱，一松手天便要塌下来。一松手，火把熄灭，黑暗会瞬间把我吞噬，像一只蚂蚁消失在漩涡里。

“爸爸。”

“我到前面等你。”

“你要走到河的尽头吗？”

“也许吧，谁让鳝鱼都跑到那里去了呢。”

“可是……火把。”

“那些狡诈的鳝鱼以为自己很聪明，可是魔高一尺道高一丈，即使没有火把我也能抓住它们。”

父亲曾吹嘘说他能听得到鳝鱼打呼噜的声音，循着声音能轻易抓到梦中的鳝鱼。太神奇了，我不相信父亲真能够做到。

黑暗将我围困。黑暗里藏着无数把砍刀。前面永远是最危险最恐怖的，父亲走在最前面。我不知道又转了多少道河湾，河越来越陌生，我们离家很远了。树丛、草丛和底细不明的黑团像鬼影一样在前头等待。父亲的声音越去越远，我都听不到了。我叫了几声，也没见回答。他彻底消失在黑暗里。

我想，父亲肯定在河的尽头等我。我必须尽快赶到那里去。

恐惧让我的双腿瞬间充满了力量，像骑上了一只捕食的幼豹，沿着河岸一直往前奔跑。摔了跟头又爬起来。火把的残烬散落在我的身上，火把越来越短，要把我的手烤焦了。但我顾不上了那么多，奔跑让我忘记了疼痛。在孤独中，我想母亲了，想弟弟们。幸好弟弟们没有跟随我们，否则他们会成为父亲和我的累赘，哭闹声会惊醒陌生寂静的原野。他们应该睡着了，就睡在平时我们拥在一起睡的小木板床上，没有席子，没有蚊帐，没有窗户，只有一张薄薄的、千疮百孔的被单，冬天我们也是这样过。当然，冬天的时候，我们的身上会盖上一层厚厚的稻草，把自己埋藏起来，不让寒风找到。只是我们生不逢时，遭遇了自太平天国兵祸以来最严重的饥荒。生产队的粮仓空荡荡的，村民把树皮、芭蕉芯、黑色的泥巴塞进嘴巴，咽进肚子里，经常能看到他们脸上挂着消化不良导致的苦楚。不知道村里谁放出来的风声，“再这样下去，要学老祖宗易子而食了。”吓得小孩子惶惶不可终日，即使躲在家里也不放心。弟弟们甚至开始怀疑父亲，因为父亲眼里对我们流露出了比过去更多的眷恋和怜悯，同时不经意间也流露出阴冷的决绝。但我不相信父亲忍心把我们推到别人的刀俎之下，当然，仁慈的父亲也不会忍心吞食别人的孩子。因此，我对弟弟们说，放心，我们是安全的，不仅仅因为我们身上只剩下骨头。

在火把将尽的时候，我被一个山洞挡住了去路。山洞很小，只允许河流从它的底下经过。山洞的岩石很低，把河流压得很扁。但山洞很长，有河流那么长，猜不到尽头。我喊了一声：

“爸爸。”

可是听不到父亲的回答，我的声音又回到自己的耳朵里了。

又喊了一声，两声，三声，数声。

父亲肯定躲在黑暗里，而且听到我的呼喊了，他不回答是因为要考验我的胆识和耐性。

火把缓缓熄灭。手上只留下不能燃烧的残薪和被火把灼伤的余痛。世界陷入无边无际的漆黑和前所未有的孤寂。黑暗把我堵住，无路可走。我屏住呼吸，只能听见流水轻微的声音和自己急促的呼吸声。我害怕极了，极力呼喊父亲，要让他感受到我的恐惧——我的恐惧随着河流传送到了山洞深处和世界的背后。河水变得颤抖和冰冷。然而，我听不到父亲的回应，我真正变得绝望，我要放声痛哭了。

“老大，我在这里。”突然传来我最为熟悉的声音，是母亲。是的，她就在身边。我闻到她的气味了。

“妈妈。”我张开双手寻找母亲。

“我在这里。”母亲的声音是从地上传来的，像一股温暖的涌泉。我俯下身去，终于摸到了母亲，她身上散发出浓烈的腐味，臭不可闻。

“妈，你怎么躲到这里来了？”我摸着母亲的脸，她的肉开始腐烂了，脖子、肩膀、臂膊、手掌，全身的肉都腐烂了，像墙上的烂泥巴，一块一块地掉。她身上有蛆虫，像幼小的鳝鱼在蠕动在茁壮成长……

“妈，你怎么啦？”我惊慌地问母亲。

“没什么呀，我很好。”母亲若无其事地说。

“妈，你是不是已经死了？”我哭喊起来。

“你说什么呢，老大。你不是看见了吗？我很好。”母亲平静地说，就像在家里一样。但我看不见她。

“我叫爸爸来救你……”我要松开母亲去寻找父亲。母亲却抓住了我的手，“你爸就在前面，我看到他了。他也看得见我们。”

我惊讶地往岩洞里看，可是深不可测，漆黑一团，什么也看不见。

“富汉、英群、树春、玉芬、兴强、小娟、阙刚……都在这里。”母亲轻描淡写地说出了一串已经失踪了多时的人的名字。他们都是夜里悄然无声地离开村子的，我以为他们丢下亲人逃荒去了，原来不是我想的那样。母亲说：“他们饿着肚子来到这里，现在他们都很好。他们再也不会分食亲人的粮食了，他们的孩子也不会饿死了。”

我四处摸了摸，全是骨头架子，大的，小的，高的，矮的，一副，两副，三副……原来他们都在这里。

“爸爸呢？”

“他就在前面，在河的尽头。”

“爸爸怎么啦？”

“没什么呀，他也很好。”

“弟弟呢？家里的弟弟怎么办？”

“他们睡着了。老二、老三、老四都睡得很安逸，像三只吃饱了的小兔子。家里的粮食够他们挨过冬天的……”

“妈，我呢？我怎么办？”

“你也会很好的，老大。”

“我饿。我好像一辈子从没吃过饭。我快要饿死了。妈。”

“那你早一点躺下来吧。躺下来就好了，来，快躺到妈妈的身边。”

我顺从地躺到了母亲的身边。母亲搂抱着我，河水从我们的身底下流过，抚摸着我的躯体，滑滑的，凉凉的，痒痒的，像一万条鳝鱼在嬉戏、挑逗。

“爸爸，快来，鳝鱼都藏在这里了。”我兴奋地喊了一声。母亲慈爱地笑了笑，轻轻地把我搂得更紧。

天色已晚

我已经三个月零十七天没有吃肉了。我的三个哥哥和两个妹妹也是。捉襟见肘的母亲小心翼翼地避免谈到肉，但邻居家传来的肉香引起了我们一场舌头上的骚乱。母亲都快控制不了家里的局势，终于答应等到祖母生日那天吃一顿肉。祖母已经86岁，躺在病榻上的时间远比我们没吃肉的时间长，身体每况愈下，估计过不了年关，但当她听说将要吃上肉了，快乐得像我们兄妹中的任何一个。为此，母亲快速而痛心地将地里能卖的东西都贱卖了，终于凑足了六块钱。家里每一个成员，包括久不闻窗外事的祖母都知道，这是三斤肉的钱。我的兄妹大概在家里憋坏了，迫不及待，都争着跑一趟镇上，纷纷向母亲保证，晚上肉肯定会落到我家的锅里。

“必须是三斤！”母亲厉声说道。没有三斤肉无法应付这几张三月不知肉味的嘴。母亲严厉起来是说一不二的，我们没有谁敢阳奉阴违。

兄妹们轮番向母亲表明自己多么适合去镇上买肉。我把他们推开，说，我跟肉铺行那些屠户熟得很，老金、老方、老宋、老阙，他们都认识我，不敢对我短斤少两，或许我还能从他们那里多要一些。

这是兄妹们都无法比拟的优势。虽然他们据理力争，但母亲最后还是把钱交到了我的手上。

“去吧！”母亲再次厉声强调说，“必须是三斤！”

午饭后，我将钱藏在身上最安全的地方，撒开双腿，像一匹第一次离开马厩的小野马，往镇上飞奔，我的身后扬起了滚滚黄土。

镇上人来人往，大部分是无所事事地闲逛。我从那些散发着汗臭的肉体中间穿过，老马识途地直奔肉行。在我心目中，肉行是全镇最重要的地方，但它不在镇中心，像电影院不在镇的中心一样。

肉行和电影院中间隔着一条坑坑洼洼的街道。肉行是我最熟悉的地方，而电影院是我最不熟悉的地方。每次到镇上，我总喜欢坐在肉行临街的长椅上，遥望电影院墙壁上的花花绿绿的电影海报，倾听从电影院传来的人物对白和配音，想象银幕上每一个角色的言行举止和观众席上表情各异的脸孔。长椅上日积月累起来的污垢散发着油腻的气味，苍蝇和肉行里粗鄙的闲言碎语也无法分散我的注意力。我愿意这样端坐一个下午，直到电影散场，然后一个人趁着暮色孤独地跑十几里路回到村里。肉行里的屠户都说，见过听戏听得忘记自己姓甚名谁的，没见过听电影也听得如醉如痴的。他们不知道听电影是一种莫大的享受。有些电影在电影院里不止上映一次，只要听过两次，我便能复述那些情节，背得出那些台词，甚至能模仿电影里人物说话的腔调，令肉行的那些奸商刮目相看。但他们决不会施舍两块钱给我买一张电影票。

然而，听电影肯定比不上看电影。我特别羡慕那些能大摇大摆走进电影院里的人。我最大的愿望是天天都待在电影院里。但一年到头，我能进电影院一趟已经算是天大的幸运了。何况，我连到镇上一趟的机会也不容易得到。

肉行的屠户们看到我，对我说，小子，好久不见了，又来“听电影”？卢大耳说了，从今天起，“听电影”也要收费了。

卢大耳是电影院入口的检票员。我才不相信他们的鬼话。

“那大街上的人都得向他交费啰？”我说。

他们说，卢大耳说了，只对你收费，因为你“听电影”听得最认真，电影里的门门道道都被你听出来了，跟坐在电影院里看电影没有多大区别。

我说，我今天不是来听电影的，是来买肉的，今天是我祖母生日，我必须买三斤肉回家。

屠户们大为意外，纷纷夸自己的肉，从没如此慷慨地给我那么多的笑容和奉承。我像国王一样挑剔，从头到尾，对每一个肉摊的肉都评头品足一番而没有下决心掏钱，终于激起了众怒。他们开始怀疑我的钱袋。我从衣兜里摸出被我捏得皱巴巴的六块钱，并在他们眼前晃来晃去，像炫耀一堆大钞。

我不是嫌他们的肉不好。只是觉得我应该还是像一个老成持重的国王，跟他们周旋，直到价钱合适到令我无法拒绝为止。然而，价钱要到达最合适的位置，要等到肉行快打烊的时候。到那时候，他们往往还剩下些品质比较差的剩肉。这些开始散发着馊味的剩肉往往被他们忍痛贱卖掉。也就是说，六块钱现在只能买三斤肉，到了傍晚，却有可能买到四斤甚至更多。如果提着四斤肉回到家里，我将成为全家的英雄。因此，我得跟他们耗时间。时候还早。反正我不缺时间。

屠户们看不见我的城府有多深，肤浅地对我冷嘲热讽，特别是老宋，说我妄想用六块钱买一头猪回家。我历来对老宋不薄，差不多每次买肉我都是光顾他的肉铺，他说话却如此尖酸刻薄！金钱确实能照得见人心啊。

我不管他们，像往常那样，坐在肉行临街的长椅上，安静地“听电影”。我已经很久没有“听电影”了。

电影刚好开始。一听片头音乐，便知道是日本电影《伊豆的舞女》。这是一年来我第三次“听”这个影片了。估计是电影院弄不到新的影片，便放映这些旧影片糊弄人，怪不得今天的电影院门口冷冷清清的，似乎连检票的卢大耳都不见踪影。但当我听到薰子说话的声音时，心还是禁不住狂奔乱跳甚至浑身颤抖。然而，万恶的电影院竟然从没有张贴过《伊豆的舞女》的海报，因而我无法知道薰子长得什么样子。我无数次想象薰子的模样和她的一颦一笑，她长得是不是像我的表姐？或者像我的堂嫂？又或者，表姐和堂嫂加起来也比不上薰子漂亮、温驯？我好像跟薰子早已经相识，她从遥远的日本漂洋过海来到我的小镇，每次都只是和我相隔一条简陋的街道，一堵破败的墙，甚至只隔着粗鄙委琐的卢大耳，仿佛我只需伸出手，便能摸到她的脸。她已经第三次来到我的身边，也许是最后一次了，我觉得我应该和她相见。

肉行也变得冷冷清清了。我从长椅上站起来，引起屠户们的骚动。

“你不买肉了?”他们的脸上泛着油光，脏兮兮的身子养着一群群的苍蝇。无论如何，薰子也不可能在这种场合与我相见的。

我说，我得去见一个老朋友了。

屠户们莫明其妙，目送着我穿过街道，走到电影院门口。我满以为，今天电影院会大发慈悲、大赦天下，免票观看电影。事实上，电影院的入门确实没人把守，畅通无阻。我将信将疑，左顾右盼，确信卢大耳不在，便小心翼翼地走了进去。

简陋的电影院里只有寥寥的几个观众，连放映室里也空无一人，只有放映机独自运转。我拣一个角落的座位坐了下来，故意把身子掩藏在座位上，抬眼看到了银幕上展现出来的山川、河滩、小屋和几个老歌女……马上就能看到薰子了！我下意识地直了直身，伸长了脖子，睁大了眼睛。这将是我和薰子的初次相见，我还快速地整理了一下仪表，双脚相互搓掉对方的污垢。一切准备就绪，突然一只手将我从座位上拎了起来。

是该死的卢大耳!

他低声地对我吼道：“我早料到你是一个小偷，今天偷到电影院来了!”

我正要争辩。卢大耳警告我，别在电影院里喧嚷，否则我会打瞎你的眼睛，然后送你去派出所！

卢大耳把我拖出电影院，扔到门外的大街上，还大声喊叫："大家来认识这个小偷，今天偷看电影，明天就会偷看女人，将来会偷遍全镇……"

我挣扎着爬起来，发觉裤裆裂开了，一直裂到了屁股后面，我还没有到穿内裤的年龄，冷风直往我的裤裆里灌。我本想大哭，但控制住了，在卢大耳这种人面前大哭不值得。

我夹着双腿走到卢大耳面前，对他说："我不是小偷！"

"不买票就混进电影院看电影，不是小偷是什么！"卢大耳一副理直气壮的样子，存心在围观的众人面前出我的丑。

我说，售票窗口关门了！

我说的是事实。

卢大耳说，今天售票员请假了，由我卖票，你现在买票呀，你买票就能进去，我就不说你是小偷……你买票呀，怎么不买？

卢大耳语气里充满了轻薄和挑衅。看热闹的屠户和过往的行人也用卢大耳一样的眼光盯着我，甚至还有人附和着卢大耳。

"这个小子平时坐在肉行的长椅上偷听电影院的电影，却从没向我们交过一分钱——听戏也得付款，何况是听电影！"卢大耳振振有词，"这小子偷听电影比偷听人家夫妻行房还仔细，他都把电影里的故事和台词都原原本本地告诉了别人，谁还愿意掏钱看电影，电影院还要不要经营下去？我还要不要吃饭？说不定这小子偷听了电影，回到村里说给别人听还收别人的钱呢，说不定他吃肉的钱就是靠这样得来的……”

众人竟然觉得卢大耳说的全是道理，纷纷点头称是。

我本想跟卢大耳争辩，但电影院里传来了薰子的声音，那声音如此甜美、清澈、纯净，此刻更代表着慈爱和正义。薰子在呼唤我了。

我心里答应一声，咬咬牙，掏出两块钱，送到卢大耳又老又丑的手上。他既惊奇又尴尬，对着众人说，花钱看电影，天经地义。卢大耳从深不可测的裤兜里摸出一本票，撕了一张给我。我拿过票，拍掉身上的脏物，昂首挺胸地走进电影院，心安理得地找了一个最理想的位置坐下来。此时我才发现偌大的电影院里空荡荡的，只剩下我一个人了。我成了电影院里的国王，尊贵、孤独，正气凛然，高人一等。

我终于看见了有点陌生的薰子，伶俐清秀，盘着高耸乌黑的旧时发髻，扑闪着明丽的大眼睛，眼角和唇边点着一抹古色胭脂红，有着宛若鲜花般娇艳稚嫩的笑靥……她走动，我仿佛也跟着走动，她开心，我心里也甜蜜，她伤感，我潸然泪下。我对薰子充满担心，怕她摔倒，怕她被想入非非的老男人玷污了。在剩下的时间里，她一共对着我笑了十一次，我确信，她已经看到了我，已经向我示意，等她忙完就要从银幕里走出来和我单独交谈。在黑暗中，我也向她报以会心的微笑——这是国王和女王的相互致意。在这短暂的几十分钟里，我们心心相印，依依不舍。在偏僻的中国小镇终于见到了老朋友，薰子可以心满意足地离开了，我也可以心满意足地买肉去。我们开始了漫长而伤感的告别……

电影院的灯光突然亮了起来。电影还没有结束，银幕上的影像顿时暗淡了下去。卢大耳站在后面迫不及待地嚷道，电影结束了！

我站起来，向着银幕上的薰子挥挥手。她消失了。我转身走出电影院。从卢大耳身边经过时，我对他说，我还会再来的。

卢大耳不客气地说，下一次，你还得买票，休想从狗洞钻进来！

我开始懂得憎恶这个镇，因为镇上有卢大耳。我愿意跟随薰子跋山涉水游走四方，像电影里的那个比我大几岁的川岛一样，我会比他做得更好。那一刻，我的心里已经有了远大的理想。

我一离开，电影院的大门哐当一声关上了。此时我才为刚刚花掉了的两块钱发愁。母亲一再警告我，不要把钱花在别处，也许这是祖母这一辈子最后一次吃肉了，一定要拿着三斤肉回家。

我不知道如何是好。抬头一看，天色已晚。我忘记了冬天的白昼要比春天短促得多。但愿那些屠户慷慨地将剩肉贱卖给我，让我四块钱也可以买到三斤肉。肉差一点也不要紧，祖母也不会计较。我善于跟这些抠门的屠户讨价还价。特别是老宋，我一向对他不薄，他应该咬咬牙，将最后剩下的三斤肉贱卖给我。他说话刻薄，但心眼不坏。

暮色从街道的尽头奔腾而来。

我把口袋里的四块钱捏得紧紧的，快步穿过寂寥的街道。然而，肉行已经打烊了，屠户们早已经不见踪影，干干净净的肉台散发着淡淡的肉味。空荡荡的肉行里只有一个老妇在打扫卫生，两三只老鼠肆无忌惮地在我面前窜动。今天确是一个出乎意料的日子，连肉行都提前打烊了。

我惘然不知所措，一屁股坐在临街的长椅上，对着电影院号啕大哭。

卢大耳在我的肩头上拍了三次我才觉察。我抬眼看他。他没有幸灾乐祸的意思，把一块肉送到我的面前，说："三斤！"

我不明就里，不敢接。

"老宋贱卖给你的。四块钱。你把钱给我，我明天转给他。"卢大耳说，"老宋说了，就当是他请你看了一回电影。"

卢大耳不像开玩笑。但看上去他至少没有先前那么可恶了。

我依然将信将疑。

"你不要？那我拿回家去，我也很久没吃肉了。"卢大耳转身要走。我马上跳起来，把肉从他手里抢过来，把四块钱塞到他的手上。

还没等卢大耳反应过来，我已经飞奔在回家的路上。

我的兄妹们肯定早已经守候在村口。安详的祖母躺在床上，她见多识广，老成持重，不像兄妹们那么急不可待，但也伸长了脖子。

惊　叫

黄昏的惠江水面像被刚刚打扫过，干净而寂寥。狭长的江滨路行人逐渐消隐，只剩下我和妻子。按平常散步的习惯，我们一直走到旧船厂才回来。妻子总要滔滔不绝，江水有多长，她说的话就有多长。一阵寒气迎面袭来，妻子突然停止了说话。她似乎听到了我内心里啪的一声，像一件瓷器掉到地上，我的手不由自主地颤抖了一下，并莫名地发出了一声惊叫。妻子惊悚地问我：怎么啦，你?

“我被捅了一刀。”我慌乱地上下检查自己的身体，首先从心脏开始，向四周伸延，双手上下左右慌乱地摸着身体的每一个可能致命的部位。

“谁捅你了？你好好的，身上没有窟窿。”妻子打量了我一番。我的双手和眼睛也证明了这一点，但我还是不放心地反复检查，看有没有黏糊糊的血。

妻子说，你怎么啦?

“我确实挨了刀子。”我坚定地说，因为我确凿地感受到了刀子插入身体的疼痛。

妻子看得出来，我是认真的。我浑身战栗乃至痉挛，嘴里喘着粗气。妻子扶着我，不让我倒下。我好不容易停下来，开始怀疑自己的感觉。我想起来了，刚才是我听到一个凄厉的声音，仿佛是在呼救，那声音很熟悉，但很稀薄，是经过了迢迢千里到达这里的，它像刀一样插入我的心脏。但我一下子不能确定那是谁的声音，因为它有点变形，急促，尖锐，毛骨悚然。

我刚要恢复常态，突然一连串的声音从遥远的旧码头方向掠过水面直扑过来，越来越清晰。我听出来了，是痛苦、恐惧和绝望的呼叫。我的心脏开始被不间断地痛击，像被一把刀子反复刺中，我不由自主地发出啊啊的惊叫。

“姐！”我脱口而出，大声呼喊。那声音是姐姐的。它终于让我听懂了。

妻子被我的神态吓坏了，哆嗦着手：“胡说什么呀，她不是在深圳吗？”

我明明听到我姐的惊叫和呼喊，千真万确，她的声音沿着江面超低空滑翔而至，像一只只掠过水面的蝙蝠，来得很急，又慢慢退隐，乃至消失。我气喘吁吁，大汗淋漓，心在隐隐作痛，哆嗦着从口袋里摸出手机，给我姐打电话。

手机通了，但没有人接听。

“我姐肯定出事了。”直觉告诉我。妻子安慰我，别胡思乱想，也许她没时间接听电话呢，深圳，不像我们小城市那么舒适，这时候你姐还在加班呢。前几天姐兴奋地给我电话，说她找到一家公司上班了，这家公司很好，不用干重活。姐已经失业半年了，生活一下子困顿起来。洗碗工、医院看护工、广告分送工……她都干过。姐姐还干过很多重活，把她的腰杆活生生压弯了，多年也没见伸直。自去年连送外卖的工作也失去后，这半年，她一直在找工作。能在一家不用干重活的公司上班，我很替她高兴，希望她从此安定下来。

我不断地拨打姐姐的手机，直到她的手机估计电池耗尽自动关机后我才罢休。我联系姐夫，姐夫焦虑地说，他也无能为力。自从在深圳的建筑工地上从楼上摔下来，姐夫基本上是一个废人了，他待在乡下，什么事情也做不了，甚至生活也不能自理。我说，姐夫，姐在深圳出事了。姐夫不相信，怎么会呢，昨晚她还给我打过电话说孩子上学的事情——出什么事情了？

这一天晚上，我没有睡意，隔一会便给姐打电话，盼望她的手机重新开机，我能听到她说平安无事的回答，即使能听到她喘气的声音也成。但她的手机一直关着。手机是我联系她的唯一途径。快到天亮的时候，我的手机突然响了，是深圳那边打来的。是一个陌生的声音，对方说是公安局。

警察用平淡的语气对我说，你姐姐出事情了，你过来看看吧。对方报了个医院名称，我想问到底出了什么事，可对方说你来了就知道。

我来不及漱口洗脸，抓起衣服就往外跑，在驾驶室里一边穿衣服一边发动汽车，妻子追出来敲打我的车窗，我也顾不上理她。

中午时候，我赶到深圳中山医院。我看到了姐姐。她躺在一个巨大的抽屉里。打开抽屉时，我首先感觉到冰冷。然后我看到了姐姐的脸，一张因为痛苦而扭曲还来不及矫正的脸。嘴巴微微张开，舌头上有血迹，眼睛用力闭着，身体已经僵硬。我解开姐姐的衣服，看到了她心脏及旁边有很多刀捅的窟窿，我数了一下，十七个，跟我想到的惊人一致。警察说，我姐姐是昨天黄昏6:10被人捅的，凶手是一个男孩，他没有逃跑，被当场抓获，目前还在审讯中。

案发时间也是那么的惊人的吻合。我听到的果然是姐姐的惨叫和呼救。那些声音穿越800多公里的风尘和无数山峦准确无误地到达我的耳朵。我听到了。但鞭长莫及，束手无策。

我直奔公安局。在我的强烈要求下，警察给我看录像。是在四川路，昨天黄昏，那里车水马龙，我的姐姐走在繁华的街头，后面跟着一个高高瘦瘦的男孩，姐姐穿着深色牛仔裤和洁白的紧身衣，尽管显得肥胖和臃肿，但那是姐姐最漂亮的打扮了。那男孩几乎穿着跟姐姐同一颜色的裤子，上身着一件黑色西装，头发紊乱，看上去很腼腆，他跟随姐姐走进了富康公司，消失在录像里，直到十三分钟后录像里才重新出现他们的身影。姐姐依然走在前面，不时回头对那男孩解释什么，男孩看上去很生气，喋喋不休，穿过马路时突然从口袋里抽出一把牛角刀，还没等姐姐反应过来，刀子已经插入姐姐的胸膛。姐姐挣扎着，抓住男孩的手，男孩一脚踹倒姐姐，又给她一刀，姐姐发出惨叫，但惨叫声轻易便被杂乱的噪音淹没，有几个行人惊恐地远远地看，更多的行人根本就没有注意到发生了什么。男孩的刀子一次又一次地在我姐姐的身体里进进出出，一共十七次，每一次都像插在我的身上一样，使我产生痉挛。姐姐终于蜷曲在马路边上，双手拼命地抓着地面，无力地挣扎着，血从她的身体汩汩流出来，向着下水道奔腾……

我崩溃了！

我要见杀人凶手。以牙还牙，以血还血。我要亲手杀了他！警察不让我见，人死了便死了，生者还得生活下去，劝我节哀顺变，剩下的事情交给警察和法院去处置。我做不到，我的头脑里暴风骤雨，有一千匹疯马在暴乱。我几乎控制不了自己，在公安局里无助地咆哮，把楼上楼下的警察都震住了。几个警察对我软硬兼施，把我架到了一个角落里。我蹲在墙根下失声痛哭。

“凶手已经对自己的罪行供认不讳，法律会给你满意的答案。”警察在劝慰我，实际上是在阻止我闹事。几个防暴警察从一条幽暗的通道里全副武装在跑出来，远远站在我的对面。我意识到了自己给公安局的工作带来了困扰，尽量控制了一下自己的情绪。

一个女警察跟我说了案情的大概。疑犯是一个职业学院的毕业生，找了大半年也没有找到工作，上个月来到了我姐供职的就业中介公司，把身上仅有的三百块钱交给了我姐。他成了我姐的第一个客户。我姐说，保证能帮他找到工作。但一个星期过去了，去了一个又一个的公司，都没有给疑犯找到工作。疑犯说我姐骗他，要退款。我姐说，公司规定是不退款的，但保证一直为他找到工作为止。疑犯生气了，说，一直这样折腾下去，谁给他交房租，谁为他养活姐姐……每个求职者都面临着诸如此类的问题，在这个城市里有太多的求职者。但这个男孩显然还不习惯生存的压力，对我姐充满了埋怨，好像是我姐故意不给他找工作。我姐答应他，去富康公司，保证能成功。结果再一次失败。富康公司嫌他说话口吃，长得太瘦，还有浓重的陕南口音。疑犯精神突然崩溃了，像一座房子瞬间便坍塌下来。悲剧就是这样发生的。案发后，姐姐供职的那间中介公司一夜间人去楼空，梦境一般虚幻。

我不知道自己是如何安静下来的。当我安静下来的时候，我看到了一个女人站在我的身边。看上去，她已经站了很久。她递给我纸巾，我将脸上的鼻涕和泪水拭去。我的头开始裂痛，根本没有力气站起来。她搀扶了我一下，我顺手将她的胳膊抓住，站起来往厕所方向走去。等我从厕所里出来时，那女人依然在等着我。我才开始认真地端详着她。

像我姐姐一样，她身材瘦小，长得却比我姐姐好看，脸白净而端庄，发色微黄，样子异常谦卑。令我费解的是，她不断向我鞠躬。

我愣了愣。

“她是孟东的姐姐。”一个警察对我说，“就是嫌疑犯的姐姐。”

刚刚压下去的怒火一下子又从心底冒出来，我恨不得抬起巴掌将她打倒。但她的眼泪一闪一闪的，在眼眶里快速地打转。我不忍心去打她。

警察凑近我的耳边悄然对我说，她是一个哑巴。

我的心里咯噔一下。

“你向我鞠躬干什么！有用吗？你应该让我亲手宰了你弟弟！”我冲着她吼道。

女人突然发出一声凄厉的惊叫，令人毛骨悚然。她扑通一声给我跪下，双手不断地摆动，眼泪和鼻涕喷薄而出，她将头伸到我腿前，示意我打她，踢她，她的脸因紧张和激动而变形。

“你不要给我下跪！”我推了她一把。

她仰后倒坐在地上，但马上爬起来，又给我跪下。我措手不及，不知道如何应对。

警察叫我不要管她，劝我着手操办姐姐的后事，要跟我谈谈尸体火化的事情。

“谁也别想把我姐姐烧掉！”我吼道。我是在警告所有的人。那时候我甚至相信姐姐还可以复活，还可以站在我的面前，跟我说话，为我拍去身上的尘土，抚慰我悲痛欲绝的心。

警察知道现在无法跟我谈我姐姐的后事，只好约我明天再来谈。离开公安局，我漫无目的在走在街头。实际上我是束手无策。在这个偌大而陌生的城市里，没有一个朋友，没有一个可以帮助我的人。我甚至不敢给姐夫打电话告诉他实情。妻子已经知道了，姐夫仅仅知道我在深圳和姐姐在一起，姐姐只是出了一点小问题，我很快就能解决。在人海中，我很渺小，每一个人都可以将我打败。没有人知道我的姐姐死了。死去的人他们是看不见的。卖矿泉水的老头倒注意了我一下，“你是不是病了？”毫无疑问，我的神情一定很糟糕。

“我姐姐死了。”我说。我不明白自己为什么会说出如此多余的让人莫名其妙的话，但我是情不自禁。我想告诉所有人。

“你说什么？”老头侧着耳问。

我摇摇头，拿起矿泉水往医院方向走去。那是姐姐的方向。

一个人独行，我想闻一闻姐姐在这个城市留下的气息，在经过一家大型超市门前的时候，好像闻到了姐姐的汗臭，门内那些穿梭不停的穿着工作服的导购员中，似乎有姐姐的身影，我的双腿一颤抖，便软绵绵地倒在地上，忍不住号啕大哭。许多人过来围观，有人不明真相地劝慰我，有人给我递上纸巾，但超市的保安走过来冷冰冰地要对我说什么，结果被一个女人堵住了他。我抬头看见了，她是凶手孟东的姐姐。

她向我又鞠了一躬。

我意识到我的失态和对超市经营造成的影响，停止痛哭，对着她吼道：“你想干什么？”

她慌乱地摇摇头。

“你想要我原谅你弟弟是吧？”我恶狠狠地说，“怎么可能呢？”我是一个机关公务员，戴眼镜，白衬衣，仪表端庄，平时我向来温文尔雅的，从没那么凶。

她不再摇头，茫然地看着我。我不理她，爬起来，往东走。

我有一肚子的话要告诉全世界所有的人：我姐姐是一个多么好的人，我有一个多么爱我的姐姐。可是，我跟谁说去？

那女人从口袋里掏出一只便笺本子，打开快速地写上一行字递给我："我想和你谈谈，可以吗？"

字挺清秀的，甚至有些好看。她的眼神里充满了哀求，如果她不是凶手的姐姐，我没有任何拒绝的理由。但我还是犹豫了。我的脚步没有停下来。

"我叫孟兰。"她又飞快地递给我一张便笺。

我瞧了一眼，狠狠地扔掉，她笨拙地追着风中飘扬的便笺，等待它落下来，然后将它塞进口袋里，发现我走远了，拐弯了，她一边向我招手一边向我奔跑。

"我是陕西人，我弟弟也是。"她给我递上便笺。

我扔掉，她又跑去捡，一辆汽车差点将她撞飞，但她一点也不害怕。

当她再次给我便笺时，我再也不往空中扔掉，而是往她的口袋里塞。她的上衣左右都有一个大口袋，似乎是专门为装纸条而设。

"你能谈谈你的姐姐吗？"

我停下来，拿着这张便笺端详着她。她感觉到了我的震胁力，不断地摇头，以为我不明白，又飞快地给我一张便笺："如果你不愿意，也可以不谈。”

“我为什么不谈？我偏要说说我姐姐。如果我不说，你不知道你的弟弟到底杀死了一个怎么样的人。”我一把拉住她，往一个小餐馆里走。她很顺从，像被我拎着。

我们坐下来，我要了一碗面，也给她要了一碗。她要付款，我制止了她：“这不是钱的问题。我是让你来听我谈我的姐姐的。”

她无意捋了一下耳边的头发，我看见了她戴着助听器。

“我姐姐，”我开始说了，悲从心涌，有很多话一时不知从何说起，“她是天底下我最爱的人。如果你弟弟非要杀了我们姐弟中的一个的话，我宁愿替我姐姐去死。”

孟兰的眼泪顺着脸直线而下，如果不是仇人的姐姐，我会觉得她的眼睛和眼泪很美。

我一口气说了许多，因为想一下子全部说出来，所以说得有点语无伦次。我表达的意思大体如下：在我五岁的时候，母亲突然病逝，父亲精神病发作，去向不明，姐姐就代替了母亲，每天给我洗澡，哄我入眠，送我上学，我生病的时候她守着我彻夜不眠……我们姐弟相依为命，孤苦伶仃地与命运抗争，除了不能给我喂奶，母亲所应该做的事情姐姐全为我做了。沉重的生活压力使姐姐提前停止了发育，在工地做小工时，一次意外事故使她断了两条肋骨，至死也没有伤愈。她倔强地支撑着，拼命地赚取养家糊口和供我上学的钱，直到我大学毕业参加了工作，年过三十的姐姐才草草结婚，生下了三个孩子。但姐姐对我的爱超过了对她孩子的爱。即使在她最艰难的日子里，仍替我想着困难，经常叮嘱我注意身体，看到我消瘦了她会哭，她像乞求宽恕一样拜托我妻子替她照顾我，不要跟我吵架，不要给我太多的生活压力……别以为我对姐姐的关爱习以为常、心安理得，她不知道，我一次次被她感动得窝在被子里失声痛哭，有时候连我的妻子也理解不了我对姐姐的感情。欠姐姐的，我一定要还。我曾经无数次发誓，等把买房子这些欠款还清，我要好好接济姐姐，让她不再在外头漂泊，让她过上体面的日子，让她真正当上孩子的母亲。可是，我的姐姐，你在向我绝望呼救的时候我已经感觉到了，我真的感觉到了，我想像小时候你保护我那样保护你，可是我鞭长莫及、无能为力，当我赶到你身边的时候你已经躺在冰冷的抽屉里，身体已经僵硬，张开的嘴巴再也发不出声音！姐姐，你最后留给我的那些惨叫声像电击一样一次又一次使我战栗、颤抖和撕心裂肺。就这样，我失去了最亲的人，我的世界顷刻间土崩瓦解、灰飞烟灭……

我泪流满面。孟兰也泪流满面。面前的那碗面条早已经不冒热气，她没有动它一下。我的面条也没有动。我一下子没有了食欲。我累了，虚脱了，靠在椅子上，长叹一声，然后不知不觉睡着了。当我睁开眼时，孟兰不见了。她面前的那碗面条仍在，但碗底压着好多张便笺和一碗面条的钱。

第一张便笺写满了“抱歉！”工整而错落有致，整张便笺没留下空白。

“我弟弟向来是一个善良、羞怯、胆小怕事的人。这次他肯定是中邪了。”

“请你相信，我弟弟真的是一个好人。我能找到无数的人和例子为他证明。但我不能替他辩护。我越辩护对你和你姐姐的伤害越大。”

“现在我才明白了，为什么我弟弟会做错事，是因为我没有你姐姐好。我做得还不够好，我本来可以做得更好。”

“杀人偿命，他逃不掉了……我弟弟，但他死后我不放心，请你姐姐领着他上路，到那边帮我照顾他。”

……

我意识到了什么，赶紧往医院跑去。当我到达那里时，孟兰正在太平间门前与工作人员争执。工作人员拦住了她。她不断塞便笺给工作人员，样子异常焦急，甚至跟工作人员推扯起来。两个保安跑过来，要架走孟兰。孟兰挣扎着，往一个保安的手上狠狠地咬了一口。被咬的保安恼羞成怒，抽出警棍。我快步上前劝止了保安。

“交给我吧。”我说，“我认识她。”

保安松开了孟兰。工作人员跟我说，她要见韩萍的尸体，我们不给她见，她又不是韩萍的什么人。韩萍是我姐姐。

我说，让我跟她谈谈。

我把孟兰拉到一旁问她，你想干吗？

孟兰飞快地给我一张便笺：“我想见你姐姐。”

我说，我姐姐不想见你。

孟兰扑通一声又给我下跪了，抱着我的双腿。

“你为什么非要见我姐姐?”

孟兰写道：“我想求她原谅我弟弟。我弟弟迟早会被枪毙的，我希望她们在那边不再是仇敌，不再怨恨对方。”

我说，可能吗?

孟兰写道：“我能说服你姐姐。”

我大声提醒她，我姐姐已经死了!

孟兰写道：“我知道，但只要身体在，她的灵魂就还在。”

我嘲讽道，你相信这个? 那你说服我姐姐，让她的灵魂跟我回去。

孟兰不住地点头。

我说，你不会说话，我姐姐又认不了字，你怎么跟我姐沟通呀?

孟兰写道：“可以的，可以的……”

我半信半疑，但最后还是动摇了。跟工作人员商量了一下。工作人员同意了。但孟兰不同意我跟着进去，让我在外面等。我告诉她我姐的抽屉号，她一个人进入了太平间。

我只好待在外头。我在想，姐姐的灵魂会不会跟我回去。我小时候听说，有些人死在外头，灵魂回不到家乡，回不到亲人的身边，像蒲公英那样四处飘荡，成为孤魂野鬼。我未必能说得服姐姐，我知道她的，她不愿意回去，她有一个宏伟的深圳梦，她的梦才刚刚开始。

大概等了十几分钟，工作人员不耐烦了，推开门进去，突然发出了一声惊叫，同样让我不寒而栗。我镇静了一下，往太平间里走去。工作人员是个女的，对这里应该早已经习以为常了，有什么好害怕的呢？她愣在那里，双眼发直。

原来，我姐姐被从抽屉里移出来，背靠着冰柜直挺挺地站。孟兰跪在地上，披头散发，浑身血迹，正一刀一刀地往自己身上剐！

我赶紧制止她，夺了她的牛角刀，叫工作人员赶快叫医生和警察。

孟兰倒在血泊里，用手指蘸着血在地上写道："正好也是十七刀……我死了，就能跟你姐姐沟通。"写字的时候，孟兰的眼睛死死在看着我，充满了乞求、绝望和哀怨，我将一辈子都无法忘记她那最后的眼神。我被她震了一下，不禁有些慌乱，一慌乱，我姐姐便面朝地板直挺挺地倒下，发出一声巨响。

一切都结束了。

三天后，我把姐姐的骨灰带回了老家，把它安放在一棵最古老最挺拔的榕树下，那里安放着许多乡亲。姐姐终于与我的母亲肩并肩紧密地待在一起，她对得起母亲，我在心目中，她早取代了母亲的位置。我把她带回来的那天，天气并不太好，灰蒙蒙的，把她安放在树下的时候，我对她说，姐，如果你的魂魄回来了，你就跟妈说一声。我的话刚停，便听到树叶沙啦一声，像一阵风吹过。老人说，说明你姐回来了。这让我稍为安心。大约过了半年，深圳那边来消息说，杀死我姐的凶手被终审判处死刑，立即执行。我没有把这个消息告诉我姐。因为我想，她应该知道得比我早。那时候，我早已经没有了报仇雪恨的快感。因为即使将凶手枪毙一万次也不能使我姐姐死而复生。我甚至已经习惯了没有姐姐。但我不知道姐姐是否会原谅孟兰的弟弟。就在孟兰的弟弟伏法后的第二天，我从《羊城晚报》上无意读到了一篇与此案件有关的报道。我才知道，孟兰姐弟的经历与我和我姐姐的惊人相似。孟兰九岁时，父母死于一次矿难。为了照顾弟弟，供他上学，孟兰吃过的苦头并不比我姐姐少，她下过黑煤井当童工，在矿井里受过无数次难以诉说的屈辱，有些苦楚和屈辱我姐姐并没有经历过……我忽然感到愧疚，乃至无地自容。还有一个细节，那就是孟兰正好跟我姐姐同龄，相差不到一个月。

我把姐姐的三个孩子接到了城里，跟我们一起生活。每天黄昏，我和妻子都带着姐姐的三个孩子在惠江边散步。我把半年前那次奇特的经历告诉了他们。他们不相信。

“妈妈的惊叫声怎么会传得那么远？”

我一直无法说服他们，也就不再提起此事。但有一次，妻子提醒我说，每当我们走到那段路时，经常能看到江面上有两只并肩而行的鸟，它们从南面的旧码头款款地掠过水面，朝我们飞来，像在我们面前表演一次超低空长距离的滑翔。然而，在到达我们眼前后突然又转身往南而去，逐渐消失在苍茫的暮色中。妻子老早就注意到了，只是我一直没有察觉。果然，在这天傍晚，我注意到了这个奇观，是两只灰白色的水鸟，从远处飞过来，掠过水面，到我们面前做了一个热烈的示意动作然后折身往南离去。我终于认出了她们，情不自禁地发出一声惊叫……

“它们真像一对孪生姐弟。”妻子紧紧拉住我的手，意味深长地说。

回头客

我家门口的湖也叫雁湖，清澈透明，细波轻漾，像一座浩瀚的瑶池。我们的村庄叫浦庄，还属于穷乡僻壤，藏匿于山林和雾气之中，几乎与世隔绝，外面的世界显得非常遥远和陌生。但近来竟然时有素不相识的外地人出没。他们或三五成群，或母女结伴，或孤身一人，搭乘我父亲的木头船从烟雾弥漫的湖面上来，临近村子的时候总会惊起一阵狗吠。人们往湖方向抬起头，无奈地说，讨饭的又来了。

有时候一天会来四五批。开始，他们说是震区来的，衣衫褴褛，拖儿带女，惊魂甫定，还有当地官方的证明，姑且算是吧；后来说的地方五花八门，河北、安徽、河南、山东、贵州乃至东北等等，南腔北调，谈笑风生，脸上看不到流离失所的乡愁和感伤。看着他们穿梭往返，络绎不绝，我们有理由相信，浦庄已经名声在外，全世界的乞丐都以为我们这里仓廪充实，热情好客，慷慨大方，来这里能讨个盘满钵满，远胜于行走数十个村庄。事实上，他们每到这里，确实也收获颇丰，每次都能把空袋子变得沉甸甸的，带着窃喜气喘吁吁地乘船离去。然而，他们并不知道我们的收成也不好，没过过宽裕的日子，那些米呀、面呀、杂粮呀，都省着吃，连孩子都经常吃不饱米饭，别说吃肉了。男人们放米下锅的手重了一点，多放了些米，会被女人破口大骂，她们还把到了锅里泡水的米抢夺出半把来，晒干，留到下一顿。但对讨吃的从不吝惜。“他们千辛万苦来到我们浦庄，总不能给得太少，否则他们会在外头败坏浦庄的声誉。”仿佛乡亲们都把虚无缥缈的声誉系于行乞者的背馕，而且十分看重。而每一批行乞的走后，村里的人经常要盘点一下，总会有人惊呼，转而谩骂那些穷乞丐顺手牵羊拿走了她们家的一条腌鱼、两块腊肉、三个鸡蛋、一把蒜头或辣椒、经久不用了的发夹、灶台上的半盒火柴……这些损失算不上什么，拿就拿了，并不影响下一批乞讨者的收益。但有一天，村上有人发现他们在湖对岸的草木丛中架灶炊饭，喝酒，吃肉，场面宏大。“他们吃得比我们还好！”男人们横七竖八地醉倒在地上鼾声如雷，涂满油光的脸像镜子一样能映出天上的云朵；女人们脱掉破烂的外套，穿着整洁的衣裳围起圈子打牌赌钱，吆喝声惊散了湖面上的水鸟；孩子们四处嬉闹，像肆无忌惮的牛犊糟蹋了地里的庄稼……浦庄的人觉得被欺骗被愚弄了，异常生气。

“方滨海，你看你都把什么人送到浦庄来了！你是不是和他们串通一气来骗我们本来就少得可怜的粮食呀？”浦庄里嘴尖的女人用刻薄的语气指责我父亲。

湖很宽阔，父亲的木头船是浦庄到湖对岸唯一的交通工具。平常，乘船的人只需往船头的盘子里扔下一毛或几分钱就可以了。实在没带散钱的，不给也不要紧。反正我父亲不会问，也不觉得亏了什么。父亲是世界上最朴实最单纯的人，因此，这样的指责对他来说是多么严重的侮蔑，很让他无地自容。那天，父亲回到家里，呆坐在堂屋的木槛上，不吃不喝，一言不发，直至深夜也不愿意回到房间里睡觉。母亲催了他几次，他无动于衷。我去拉他。他岿然不动，仿佛入定了。

也许是在湖面上劳碌得太久，与母亲相比，父亲显得过于衰老了。

“爸，污蔑人的舌头会烂掉的，你不要为她们烂掉的舌头难过。”我说。

父亲好一会才回答我：“你知道吗，我撑了一辈子的船，相当于做了一辈子的桥和路，那是数不尽的功德啊，但声誉比这些重要得多，她们诋毁我的声誉，就是要把自己的桥和路都拆了。”

我听不明白父亲的话，直到第二天我才恍然大悟。

第二天，我和母亲起床后发现父亲不见了。有人惊慌失措地跑来告诉我们，我父亲在湖中央。我们赶到岸上，果然远远看见父亲坐在船里，正在凿他的船，铁锤敲击凿子的声音比啄木鸟强很多，令人揪心得多。能看到灌进船里的水了，越来越多的水，露出水面的船体越来越少。

母亲惊叫起来：他要沉船了！

岸边的人跟着我们尖叫，劝父亲别做傻事，那些不慎中伤了父亲的女人一会向父亲一会向母亲道歉，她们的男人甚至还当众修理了她们的嘴巴，可是船还是沉下去了，父亲也一同沉到了湖底。宽阔的湖面除了水再也看不到多余的东西，连水泡也没有。我的父亲再也回不来了，有人去沉船的地方打捞过，却发现什么也没有。父亲肯定是沉到湖底深处，或者从地下暗河潜到更遥远的地方去了——听说湖的中央正是地下暗河的出口，人们很快淡忘，过了一段时间，连谈论他功德的人都越来越少，她们似乎忘记我父亲曾经是她们的桥和路。

“可是，他也曾经是那些讨饭的人的桥和路。”背地里还有人不怀好意地说我父亲。好像是说，如果没有我父亲，浦庄就不会被愚弄和欺骗。

现在好了，没有了船，要到外面看看的桥和路都没有了，自绝于世界。真是活该。

果然，好长一段时间再没有外地人渡过湖面来到浦庄，村子确实清静和安全了很多。

直到第二年开春，突然有人看见湖面上出现了一叶扁舟，往浦庄这边缓缓而来。近岸边的时候人们才看清，这只是一叶竹排，上面站着一个人。

一个陌生的男人，身材高瘦，衣衫破旧，胡子拉碴，满脸谦卑，撑竿的动作十分生硬，看上去异常费劲。竹排的前头放着一只空袋子。

“又是个讨饭的。”有人悄悄地说。大伙一致附和这种判断。

“这里便是浦庄了。应该是吧？”男人哈着腰对岸上的人说。北方口音，肚皮饿得瘪得像另一只空袋子。

“是浦庄。”迟缓了好一会，才有人回答。

“是浦庄就对了。我正是要来这里。”男人欣喜地说。

“有事吗？找人？”有人问。

“讨口饭吃。”男人回答。

有人露出了鄙夷的神色：“千条村万条村都可以去，你偏偏要费那么大的劲到浦庄来，是不是有人在外头做了广告呀？”

男人的脸突然变出尴尬和羞怯来，一时不知道如何回答，在异样的目光注视中缓缓爬上岸来。

“我们北方人不太会划船，我差点翻在湖里了。”男人憨厚地笑了笑。他的布鞋和裤脚都湿透了，双腿有点颤抖。虽然已经是春天，但天气还是很冷，湖面上还有一层碎玻璃似的薄冰。

并没有谁觉得他为了讨口饭吃应该冒险到浦庄里。

“活该。”有人嘀咕道。很小声，但男人还是听到了，怔了怔，很快便变出笑容来，“幸好没有沉到湖底去。这湖，深得一眼看不到底。”

那竹排没有拴住，它要告别男人和岸了。有人提醒他，你的船逃跑了，你得拉住它，把它拴在石头上，等你的袋子里装满了吃的，你还得靠它离开这里。

“由它去吧。我暂时不需要它了。”男人说，“再说了，它也不是船，像我们北方的一头倔驴，难以驾驭。”

那“倔驴”仿佛听清楚了，果然离岸而去，一会漂出很远，再也拉不回来。

“你怎么回去？”有人提醒男人，湖面上再也没有可以横渡的船了。

男人没有回应。似乎是没有听见吧，或许是胸有成竹。

大伙闪开一条道，男人把那只袋子往肩上一搭，迈步往村庄里去。估计是饿了，又或许要烤干他的鞋和裤子，他走得有点急，好像一匹熟知线路的马。

他们发现男人很高，比他们高出一大截，脸膛黑压压的，风吹起他的乱发，可以看见他额头右边靠上的位置有一道暗淡的疤痕。可以肯定，那是一道旧时刀伤，像一条蜈蚣潜藏在草丛。但他不是粗野、庸俗那种，举手投足都跟那些常见的乞丐不同，气质很儒雅，说话也不紧不慢的，只是显得疲惫不堪，估计是饿了的缘故。

“对了，他来过浦庄。那时候他带着一个女人。”方德才看着男人的背影，突然想起来，“他，是一个回头客。”

“噢，我也想起来了，跟随他的女人老是咳嗽，我给了她半扎面条，她竟啪地跪在地上给我叩头——不过是两年前的事情了，那时候来讨饭的还没有那么多。”有人说。

“我倒是第一次看到讨饭的回头客——他可违反了行规，哪能在同一个地方乞讨两次的？”方德才仿佛吃了大亏，不满地说。

“没有比讨饭的还恬不知耻。”不知道是谁咕噜了一声。

一群孩子跟在男人的身后。好一阵子没见过讨饭的了，竟然觉得有些新鲜和好奇。

男人没有走进最近的方胜家，而是在方德才家的院子外停下来。方德才家的女人正在晾衣物，看到这个高大的男人愣住了。

“大妹，我是来讨口吃的。”男人谦恭地躬了躬腰。

“我好像见过你了。”方德才家的说，“上次我给了你一盅米，两只鸡蛋。”

“我是来过了……我记得，两年前，来过的。”男人笑得有点尴尬。

“你要是剃了头，倒像化缘的和尚——和尚也是常来的。”方德才家的暗讽道。

“我这次不是白讨的，吃了饭，我会给你干活。”男人赶忙解释说。

“我……我哪有什么活要你干的？你又不是我家男人——我家有男人……”方德才家的突然有些慌乱。男人比病怏怏的方德才好看，且高大强壮得多。

男人朝屋里面瞧了瞧，好像要寻找什么。方德才家的警觉地叫她的儿子，去唤你爸回来……

男人说：“我想给你家做一件家具，最好的家具。”

方德才家没有什么像样的家具，除了两张旧式床和一张书桌，还有零星散落在院子里的简陋的小凳子，多年前结婚时随嫁的杉木衣柜，三年前抵债给方胜了，家里好像一下变得空荡荡的。方德才家的一直想重新拥有一只衣柜，把一家人的衣服都藏在衣柜里，老鼠进不去，灰尘也进不去，还井井有条一目了然。

院子的角落里就有几根好木头——浦庄每家每户都备用着一些木头。她怦然心动。

“我们不需要家具——那些木头，是冬天的柴火。”方德才家的说。

这些好木头烧掉了可惜。男人说，我知道你们附近都没有好的木匠。

“只要有钱，总能请到好的木匠的。”方德才家的说。

“管饭就成，我不需要你付钱。”男人说，“我免费帮你们做家具——免费给浦庄每户做一件家具。”

方德才家的最后弄明白了，男人这次来浦庄不是讨米要钱的，而是来报答的。男人说，两年前他们夫妇来到浦庄，得到了最好的礼遇，这里的人没有给他们难堪，甚至连脸色也没有给，给了他们好吃的，还施舍了他们好多东西，让他们渡过了难关，滴水之恩涌泉相报……于是，男人就来了。我们原以为他肩头上空瘪瘪的布袋子什么也没有，他却从里面取出锋利的凿子和锃新的刨子……

方德才家是第一个被报答的。

方德才家的开始不相信男人，处处防着他，生怕一不小心便被他偷走她的家底。但她依然像对待那些讨饭的外地人一样，每顿都给他一大碗的饭，晚上让他睡在破落的柴房里。柴房里有一张床，原来是方德才父亲住的，他死后就一直废弃在那里。男人没有做出令人担心的事情，晚上安分地睡觉，鼾声如雷；白天，他很早就起来干活，把院子里的一堆木头变戏法似的弄成了一块块上好的材料。有时候，晚上也点着煤油灯干活，还把声音压得很低。方德才家的夜里起来撒尿的时候偷偷看过男人，可是一直不想跟他说话。一个女人怎么能跟一个陌生的男人说话呢？况且，还是一个讨饭的。白天，村里半信半疑的妇女们也偶尔来看个究竟，看到男人在刨花和木堆中忙碌，心里越来越踏实，但嘴上依然不相信男人。“鬼才知道他是不是真的？”直到半个月后，很多人听到了方德才家的夸张的惊叫才相信也许男人是真的来报答她们曾经的恩赐来了。那天方德才家的一早起来，发现院子里耸立着一具崭新的比她想象中好得多的巨大衣柜，在晨曦中光彩照人，连她家的狗也惊惧地围着这个陌生的庞然大物边转边吠。

“再打磨一下就更好了。”男人看着自己的艺术品得意地说。

一直到中午时分，仍然有很多人闻风而至，手抚着方德才家的衣柜啧啧称赞。

男人的手艺的确无可挑剔，让人心服口服，而且他坚决不收一分银两。

“你们可以根据自家的情况，选做一件最需要的家具。”男人对浦庄的人说。

于是，他们纷纷筹划着，互相攀比，准备做的家具一家比一家复杂、费劲，仿佛做简单了便无端吃了大亏似的，有些女人甚至还争辩着当初谁给男人夫妇的东西更多，以此申明她得到的报答应该比其他人更多。

“每一个家庭的愿望都会实现的。”男人保证说，那憨厚和语气很让她们放心。

但也有人怀疑男人说话的可靠性。“那么多人到过浦庄讨饭，凭什么只有他一个人知恩图报？还回报那么多？”

她们争着要男人先给自己家做家具，生怕男人半途跑了。

“他又不是谁家的长工，为什么不可以跑？”

方德才家的抢过男人的工具，把腿横跨在院子的门口：“我要他再给我家做一件家具，再过几年，我家的旺月就要嫁人了，得提前为她做好一对像样的箱子。”

那些女人发出了一阵不满的哄笑。男人说，一视同仁，每家只做一件。方德才家的放下拦在门口上的腿，但还是舍不得还工具给男人。

“你不能贪得无厌……我家也养不起他那么长的时间！”方德才从屋子里出来，对他的女人吼了一声，她才把工具扔到地上，怏怏地走回屋里去。

“我就是要两件。”方德才家的尖锐的声音从屋里传出来，“早知道这样，我应该让他给我家造一幢房子。”

那些迫不及待的女人开始为男人争得面红耳赤。男人左右为难，最后，她们在男人的公证下，抽签定了先后排序。那排序表就放在男人的布袋里，她们经常要从那布袋中取出排序表，再核准一次，或看看还有谁就到自家了……

“或许还没轮到我家，他就走了。”

在众人的狐疑和焦虑中，男人又给方传统家做了一张新式床，几天后，给方新明家做了一套沙发……得到了实惠的女人总是心满意足，不厌其烦地向别人炫耀家里的新宝贝，你看看，刨得多光滑，像十八岁姑娘的皮肤……不过，他能替我家做两件就好了，一件总是不够的。但没有哪一家能得到两件新家具，因为男人似乎心里知道自己应该在浦庄待多久，他不能破例。

“你什么时候走呀？”总会有人站在男人的旁边跟他叨唠，话中充满了疑虑。

“给浦庄每家都做一件家具就走。”男人一边刨着木头一边回答。谁问答案都是一样。

“如果要十年才做得完呢？”方德才家的心直口快，喜欢刨根问底。她经常走家串户，倚着门墙，嘴里嗑着瓜子，睨着眼睛看男人做家具。

“那十年后走。”男人并不抬头看她。

“你家里还有人吗？”瓜子壳有时候像蛾子一样飞到男人的刨子上，男人停一下，弹掉瓜子壳继续推刨。刨花飞起来像棉花朵。

“没有了。”男人平静地回答。很简洁，似乎不愿意多说话。尽管天气还很冷，但男人穿的衣服很少，露出结实的身板。

“你的女人呢？两年前跟你一起来浦庄的那个。”方德才家的记得那个女人，素雅，大气，轮廓分明，眼睛明亮，皮肤白嫩得像男人刨过的木头，是典型的北方女人。

“死了。”男人轻描淡写地说。

“……怎，怎么会死？”方德才家的突然站直腰，脸上露出罕见的惊愕和哀怜，手里的瓜子纷纷落地。

“病死的。哮喘病。她一死，我就来浦庄了。她临终前留下的遗言，她说，浦庄人对我们那么好，你得回去报答她们。”男人的刨子推得飞快。

“我们对每一个乞讨的都一样——谁没有困难的时候啊，谁想着上门乞讨啊，那不是迫不得已嘛，我们应该将心比心……”方德才家的说，“你的女人长得真好看，女人怎样才能长得那么好看啊——那天我给她的东西比别人多，比别人好，还让她进屋子里坐了一回，暖和暖和，但你站在外面不愿意进屋，你是男人，我知道你害羞”。

“浦庄人给了她尊重，所以她至死都说浦庄好。”男人说，“她记得你的，她对你的印象最好，所以我第一个给你家做了家具。不过，浦庄的人都很好，谁都好。”

“我看不见得浦庄每一个人都好。”方德才家的说，“我送给你女人那件新内衣，是我的嫁妆，从没穿过，我舍不得穿。可是别的人就没有我大方，她们都施舍了什么呀？方胜的老婆什么也没有给，吝惜鬼。”

男人笑了笑，为方胜的老婆辩护：“我记得的，她也给了。”

“没给。这是谁都知道的事情，连她自己也说没有给。”方德才家的较真起来，大声地要和男人争论。可是男人不理她，专心致志地推刨子。又一件家具已经露出雏形。室外的阳光也多了起来，从湖上吹来的风有了一些暖意，还带着柳叶谈谈的清香。

开始有人不满方德才家的到她们家串门。因为她妒忌男人给她们家做的家具比她家的好——其实都差不多，只是各家的木料不一样，看起来就不一样罢了，趁主人不在的时候，她怂恿男人不要给她们做那么好，至少没必要精雕细琢，像对待女人那样小心。

“两年前她们给了你们什么呀，你不值得给她们回报那么多。”

男人说，一视同仁。

方德才家的不高兴，冷嘲热讽的，人家便不欢迎她，不让她靠近男人。

“他又不是你家的男人，凭什么不让我看？”方德才家的受了屈辱似的，忍不住当众发飙。很快，便有人在方德才面前说了些令他生气的话，第二天，方德才家的才不敢出现在男人的面前，但她仍不肯善罢甘休，经常打听男人的情况，无中生有地说，你们知道吗，浦庄有人看上那男人了。她当然是指女人，而且是有夫之妇。

“要不然，她凭什么天天给他好吃的？比她侍候老公还好。”她并没有指名道姓，实际上是说不出名字。

可是即使说出来了，谁又在乎她说的话呢？她不在一旁干扰，男人很快又做好一件家具。

转眼到了夏天。整天埋头做家具的男人在浦庄受到了越来越多的尊重，他也学会了本地方言，人们都几乎把他当成浦庄的人了。而方德才家的妒火像阳光一样炽热，她要去别人家看男人做家具，方德才也没法拦住她。但她坚决不跟男人说话，她只是在外头观察谁家的女人对男人有异样的举动或说了什么令人起疑的话，然后在村里添油加醋地宣扬。大伙对此并不在意，但男人察觉到一些不对，显得有些难堪。他叫了一声方德才家的。方德才家的装出不情愿的样子走到男人的面前。

“我很快要离开浦庄了。”他的意思是说，请她不要乱说话，不要给他和她们增添麻烦。

方德才家的一阵慌乱，“就走了？”

“做完最后一件家具就走。”男人淡淡地说。他正在做方鸿儒家的组合柜，都成模样了，“这是最后一件。”

“可是你没有给方滨海家做家具。照道理，他家也应该做一件的。”方德才家的提醒说。

男人从口袋里拿出那张排序表看了两遍：“没有他家的序号。他没抽号？”

“他死了。”方德才家的说，“她男人生前是摆渡船的，你搭过他的船，你应该给他做件家具。”

男人是第二天傍晚来到我家的。

我母亲正在院子里收豆子，夕阳的余晖照在她年轻端庄的脸上，像湖面上泛着的波光。

男人在院子围墙外谨慎地向我母亲打了一声招呼。母亲抬起头来。她从没去别人家看过男人干活，但她知道这个陌生的男人肯定就是在浦庄待了半年的木匠。

“你家需要做什么家具吗？”男人朝我家的屋子里瞧了瞧。

“我家需要一张书桌。”趁母亲站起来之前，我抢着替她回答了。

我家没有像样的家具，一件也没有，连饭桌都缺了一条腿。我做梦都渴望得到一张书桌，那样我就可以不在饭桌上做作业，我就能写出工整的作业和漂亮的作文。

可是母亲冷冷地回答说，我家不需要什么家具。

男人尴尬地站在那里。我多么希望他能找到合适的语言说服母亲，免费为我家做一张书桌。我家的院子里有一堆木头，堆放在墙角那边，它们日夜呼唤着能工巧匠将它们变废为宝，给它们应有的尊严。

“本来，你应该抽签的。”男人说，“你男人撑船撑得真稳。”

母亲转过脸去掩饰突如其来的哀伤。

“我给孩子做一张书桌。这将是我给浦庄做的最简单的家具了。”男人说，“如果我女人知道我只给你家做一张小书桌，她肯定会生我的气——但如果我连一张小书桌也不给你家做，她会更加生气。”

我用近乎哀求的表情对着母亲。母亲似乎动心了。

“我家不需要回报。”母亲说，“我男人撑了一辈子的船，当了一辈子别人的桥和路，从来没想过要别人回报。”

男人窘态百出，不知道怎样说服母亲。

“况且，两年前我们也没施舍你们像样东西，不值得你报答。”母亲说，“不过，你家的女人很善良，她却对我说了一百个谢谢。”

男人动情地说：“她本来要跟我一起来浦庄的。她说，你们像对待亲戚一样对她，连浦庄的狗也没对她吠过一声……哪怕给你们叩拜一百个响头也是应该的。”

“没有必要。”母亲轻声地说。她把豆子倒进麻袋里。豆子发出沙沙的声响。一只老鼠翻过墙角消失在木头堆里。

“我女人叮嘱过的……”男人说。

“真的不需要。”母亲断然拒绝了。

男人尴尬地走了，第二天傍晚又来到我家：“我不给你家做一件家具，我女人死不瞑目的，她会骂我，下辈子不愿意跟我走了。”

母亲愣了一会才动了心，“那你就给我家的孩子做一张书桌吧。”

三天之后，男人拿着工具来到了我家。他把墙脚下那些不规则的木头挑选了几根，然后就扛到屋后的空地上开始量材而锯。我家终于响起了期待已久的斧凿声。我在一旁七手八脚地拿这拿那，可是男人觉得我是在添乱。我只好尽量克制自己，让自己安静下来，站立在一旁观看。

男人做事相当认真，一斧一凿都很讲究。他不允许自己浪费主人的材料，也不允许工艺存在瑕疵。

“一张书桌而已，不必费那么大的劲。”母亲很少出现在男人的面前，只是不得不经过那里喂鸡的时候，偶尔对男人说上一两句，脸上没有什么表情。

“不费劲的。书桌是读书人用的，应该做得更好一些。”男人也不抬头。汗流满面。

母亲也不再多说一句话，走了。只有每顿让我把饭送到男人跟前的时候，她才特别交代，“告诉他，如吃不饱，锅里还有。”可是男人每回都说饱了，怕我不信，还拍打着坚实的肚皮发出扑扑的声响，估计远在厨房的母亲也听到了。

我不知道母亲什么时候开始主动和男人说上话的。那天我从学校回来，看到母亲站在一旁看男人干活和说话。

“你女人不像一个乡下人。她随你走了那么多的地方，皮肤还像水一般光滑。”母亲说。

“她是上海人，出身名门，她的曾祖父曾经跟随左宗棠远征甘肃且立有战功，官至四品。她的祖父是上海一个大药材商，她父亲却是一个浪荡仔，她的胆子比我大，心地也比我好……”男人说。说到自己的女人时他总是满脸自豪。

“你也不像一个木匠。”母亲说，“尽管你的手艺很不错。”

男人抬头惊讶地看了母亲一眼。

“你原来不是干这一行的。”母亲肯定了自己的判断，为此显得有点得意。

“是的，是跟一个木匠学的。”男人说，“在甘肃夹边沟——你知道夹边沟吗？”

母亲迷惘地摇摇头。

“一个……农场。”

母亲还是迷惘地摇头。直射的阳光将男人照得透明，他的乱发已经理过，脸是一张俊逸的脸。估计是要给男人遮挡阳光吧，母亲从墙头上取过一顶草帽，要戴到男人的头上。男人突然粗鲁地打掉母亲的手。

“别给我戴帽子！”

母亲错愕和委屈的表情让我终生难忘。她转身离开，与我撞了个满怀。她的眼里饱含泪水，莽撞地从我身边拂袖而去。

母亲从没受过委屈——她善良而本分，从不贪小便宜，也从不跟别人争论长短。可是，父亲不在了，连这个即将离开浦庄的外来男人也如此粗野地对待母亲，我气愤难当，抄起一把铲子，向已经快做好了的书桌猛砸下去，书桌顿时散了架。男人没有制止我，像一个陶匠看到自己毕生努力的杰作瞬间毁灭一样满脸绝望。母亲惊异地站在院子里，侧目而视。

我很快便后悔砸烂属于自己的新书桌。

“讨饭的，你重新给我做一张书桌！”我大声命令男人。母亲远远地斥责我，我扔掉铲，气呼呼地跑开。

男人也没有好脾气，看上去恼羞成怒了，一把扔掉凿子，回到他的柴房里，关上柴门，整个下午都没有出来。中午他没有吃饭，晚上母亲让我端饭给他，他说不饿。我把饭碗放在柴房的凳子上，半夜里我偷偷地看他，他依然鼾声如雷，几只老鼠正在繁忙地瓜分那碗米饭。我要进去驱逐那些掠食者，却被早在另一侧墙角窥视的母亲轻声阻止。

我以为男人会违背承诺，收拾东西离开浦庄。但第二天，他起得更早，重新给我做书桌。看上去没有什么不妥。我们都打了招呼。母亲也当什么也没发生过，依然保持着节制的热情。但是，这天晚上，母亲悄悄地替男人洗了衣服，并晾在不显眼的旁屋的屋檐下。之后的几天，母亲让我邀请男人一起吃饭，男人也不推辞，和我们坐到了一张饭桌前，还穿着我父亲的衬衫。

我家在西北角的湖边，祖辈都离群索居，又因为父亲和母亲都不喜欢跟别人说话，到我家串门的并不多，只有方德才家的偶尔会到我家东张西望，装作看看我家院子里的蒜头或莴笋，“顺便”要和男人说说话。但男人对她依然不冷不热，甚至连头也不抬看她一眼。

“一张书桌做了那么久！”方德才家的好像对谁不满似的，“这九天时间都可以造一张双人床了。”

方德才家的掐指算过并提醒我们，男人到我家已经九天了。

我也突然觉得，这一次，男人是有点拖沓了。是不是故意蹭饭啊？

母亲告诉方德才家的，书桌本已经做好了的，因为款式和尺寸都不满意，只好重新做一张。

“那不相当于做两件家具了吗？要是给我家做的衣柜，我现在不满意了呢，能给我重做一个吗？”方德才家的说得有点尖刻了，“何况，讨饭的也有回头客，就不能回头给我家多做一件吗？”

母亲说，那得问他。

方德才家的真的去质问男人。男人回答说，好吧，我给浦庄每户都做两件家具。

这个消息飞快地传遍了浦庄。对于第二件家具，她们早已经胸有成竹。因此，她们纷纷催促自家的男人筹备木料，迎接男人再次来到她们家。

她们首先涌到了我家。我家的书桌已经做好了。她们抚摸着我的新书桌，依然对男人的手艺赞叹一番。她们正期待着第二轮抽签排号，希望能抽到靠前的序号。

“或者根据第一次抽签的序号，倒排过来……”这个提议得到了第一次抽签序号靠后的人支持，却遭到了另一批人的反对。她们瞬时争得不可开交。

“犯不着抽签了。”男人说。

她们肃静下来，没有弄懂男人的意思。

“我决定给浦庄造一件人人有份的家具——船。”男人说，“没有渡船，你们看不到湖对岸的世界。”

众妇“啧”叫了一声。听不出是支持还是反对。

“这是我送给你们的第二件共有的家具。就在这里做，做好了我就走——我待得够长了。”男人说。

船是船，船不是家具。她们终于掩饰不住失望的神情，嘀咕着散去。

方德才家的甚至有点生气，走出很远了还悻悻地说，“我犯不着去外头讨饭，我根本不需要船。”

往后的好几天，男人都到后山里去砍树，那些适合造船的木头被源源不断搬到我家左边的空地上，荡漾而饱满的湖水爬到木头下面，热烈地渴望着盛载一艘船。遮掩在茂盛的柳树中的男人隐约可见，母亲有时候也隐现其中，看上去是两个人在合谋做一件意义非凡的事情。

谣言首先传到我的耳朵里。是关于母亲和男人的谣言。谣言的源头明显就在方德才家的那里。因为每天都有新细节被她披露和传播。

有一次，方德才家的当众拦住我，将来你是允许男人留在你家里，还是跟随他到外面乞讨?

我都不愿意。我更在乎我家的声誉。父亲在世的时候，我家拥有极好的声誉。

我当着母亲的面对男人说，浦庄不需要船，即使有了船，也没有人愿意撑船。没有人愿意在湖面上长年累月地经受风吹雨打和受人使唤。

男人听不出什么不对，爽快地说，我愿意撑船，虽然我从没撑过船。

我对母亲说，妈，污臭的湖水快把我家淹没了。

母亲大概听出了我的激愤和言下之意，沉吟了一下说，我知道了，船也快造好了。

船的龙骨横卧在湖边，已经有了一个清晰的雏形。

“这船，跟你父亲撑的那只一模一样，我就是仿照那只船做的。”男人说。我也看出来了，它让我再次想起父亲在湖心沉下去的情形。

“妈，船还是不要造了吧。让他离开浦庄吧?”我恳求母亲。

男人意识到有什么不对头，停下手中的活，等待我告诉他更具体的理由。

“浦庄有人说，他可能是逃犯。”我不敢正视男人，尽管我说的是真话。她们暗地里说的，“他哪里像木匠，哪有木匠干活不收钱的？什么报答，估计是走投无路了，在浦庄躲藏……”方德才家的说得最凶最刻薄，说男人也许在外头犯了命案，和那女人是一对亡命鸳鸯。

母亲对我说的话大为不满，忙着向他解释，实际上是道歉。

男人脸上有惊慌，转头看浩渺的湖面。夏天的湖面比他来的时候要宽阔一些，一眼望不见尽头。

我越来越相信，他既不是木匠，也不像讨饭的乞丐。我偷看过他藏在床头的一本书，是一本全是外国文字的书，厚厚的，破破烂烂，书页边上还有钢笔写的密密麻麻的批注，那字写得比我学校哪一个老师写的都漂亮。

“她们终于看出来了，我真的是一个逃犯。”男人对母亲说，“我跟你说过的，夹边沟农场，是一个劳改农场。我是一个劳改犯。”

母亲惊愕地搂住我的肩膀，风把她飘逸的长发吹乱了，像柳条那样乱。

“我女人从上海跑到甘肃看我，我们就一起连夜逃跑了。如丧家之犬，逃窜三年多了，好几次差点死在路上……我女人跟我吃了那么多的苦，病死前她跟我说，你不要四处逃窜了，浦庄是一个理想的藏身之地，那里的人那么好，你就当报答她们，只要能吃上饭，活下来，你就一辈子给她们做牛做马。”男人说到自己的女人时总是饱含深情，仿佛她就站在他的面前。

母亲惘然不知所措，看了看那只还没有做好的船：“你打算怎么办？”

男人说，把船造好了我就走，其实浦庄是需要一只船的。

浦庄也可以没有船。自从父亲把船沉了以后，浦庄不也一样过？没有了船，断了她们到对岸闲荡的念头，如果她们真要到湖对岸去，可以沿着一条栈道走到湖尾去，绕道而行，多走十几里，一样可以到达对岸。

我和母亲没有再说话，忐忑不安地回到院子里。晚饭的时候，母亲对男人说，也许她们不会告密，你在为她们做好事啊。

男人说，把船造好后我就走，我抓紧一点——这是我第一次造船，现在我才知道，船不是家具，比家具复杂太多——不过，很快就好了，我能做好的。

你不必太惊惶，浦庄的人并没有那么坏。母亲说。如果你给她们做更多的家具，你愿意待多长就待多长。

男人又在浦庄多待了三天。看得出来，他做事没有原来那么一丝不苟，粗糙的船板被过早地装到了船体上，甚至撑橹也没有来得及再次打磨，远处看去，一只崭新的船基本造成了，但走到船体上细看，却连船板间的缝隙还清晰可见。

“那些缝隙需要弥补、打牢，整只船还得涂上桐油。”男人说，“估计还得三四天工夫。”

母亲似乎也为船焦急，整天围着船忙碌，帮男人拿这递那，脸上充满了成就感和满足的惬意。而关于她的谣言已经在学校疯传，连校长也问我，你是不是有了新父亲？我断然否认，尽管整个学校只有几十个师生，但我觉得他们代表了全世界。

那天我从学校疯跑回家，因为我无意中听到了可怕的消息，我得告诉母亲。

母亲正在湖边烧桐油，浓烈的气味呛得她直咳嗽。

“公安要抓他了，他们正绕过湖尾，有人听到警笛，很快就要到了！”我急促地说。我从没那么慌张过。

男人和母亲都大惊失色。

“那么快？”男人说。

“她们果然告密了。”母亲狠狠地扔掉手中的柴火。

“本来我改变了主意，给她们做更多的家具……船，来不及了。”男人丢下工具，往我家院子里跑，很快听到了猛烈撞击柴门的声音。一会，他手里拿着那本书跑回来——只拿了一本书，把书往船上一扔，然后在船屁股后面，用尽气力把船往湖里推。

“你们来帮帮忙。”男人用近乎哀求的语气说。船太沉重了，在地上它只是一堆木头，只有到了水里才变成船。

“你想干什么？”母亲迟疑不决。

“我得继续逃跑。一被他们抓住，我这一辈子彻底完了。我会死在黑暗的监狱里，我女人带着我死在逃亡的路上，我不能让她白白地死……这次她睡沉了，竟然忘记给我通风报信了……”男人绝望地喊叫。

母亲跑到男人的旁边，手忙脚乱地帮他推船。我也加入了。船顺着水草滑到了湖里。

男人迅速跳上船，抓起撑橹就划。船离开了岸边，离开了我们。

母亲担忧地问船上的男人：“船还好吧？”

男人大声回答，还好。但他很快便弯下腰去，伸直身子时手里抓着那本书。书已经湿成软绵绵一团。

母亲惊慌失措，对着男人猛喊：“马自珍，船不成了，你快回头！”

母亲的喊叫惊乱了一群水鸟。男人没有听母亲的，船划得更快了，摇摇晃晃的令人揪心。但我记住了男人的名字：马自珍。

母亲急得要哭起来，要不是我拼命拉住，她甚至要往湖里跑，追上船去。

“我还会回来的。”这是男人最后对我们说的一句话。是用我们的方言说的。他能说我们的方言了。

当警察出现在我们身后的时候，我们的身后已经站满了人。方德才家的就站在母亲的身旁，样子跟母亲一样焦急，与母亲不同的是，她还失态地跺脚，把一堆无辜的水草跺成了烂泥。此时船已经到了湖中央，就在我父亲沉船的地方，那船也开始往下沉。先是船头往水里下沉，然后是整个船体……母亲终于忍不住失声痛哭。方德才家的受到感染，也号啕大哭，呼天抢地的，仿佛沉掉的是她家里的什么人。

在哭喊声中，船沉得更快，一会便消失在湖中央。湖面又恢复了宁静、冷清和孤寂，像一本翻开又合上的书。

事情已经过去许多年。男人给浦庄每家每户做的家具仍然还在用，质量经受住了时间的考验。但那来历不明的男人跟我父亲一样逃不过迅速被遗忘的命运。只有我，风和日丽的时候，一个人站在湖边，在浓密的柳叶下，双脚浸润着湖水，抬头往湖心放眼望去，经常能看到两只熟悉的一模一样的船并行飘荡在湖面上，好像要往我家这边漂来，但永远都离我家那么远。又有一次，我在西湖雷峰塔前小憩，偶然看到两只像父亲撑过的船，在烟雾弥漫的湖面上若隐若现。我惊喜交集，对着它们猛喊，它们仿佛受了惊吓，转眼便消失了。我忽然想到的是，听说雁湖和西湖是相通的，连接它们的是一条地下暗河，在雁湖经常能捕获到西湖才有的鱼。这种事情，你可以当成一个传说。因为我从来没看见过地下暗河，而且，我家离西湖至少有五百公里。

一个冒雪锯木的早晨

被哥哥从被窝里揪出来时我才发现，外面下了厚厚的雪，而且还在下，漫天飘舞，一眼望不尽头的原野变成了茫茫的白。很久没见过这么大的雪。雪照亮了世界，也灼痛了我的眼睛。

哥哥早已经在木堆旁架起两个木架子，将一根粗直的木头放到了架上——天知道他是怎么放上去的，我只知道那是白杨树，坚硬而且滑。木堆本来已经盖上了雪，哥哥却将它们推得横七竖八的，他的意思是告诉我，这是今天我们必须干完的活——如果我不听他的安排，他会搬出爸爸甚至母亲来压我，甚至还会揍我。我被白茫茫的世界震撼了。今年的雪来得太早，下得太大，跟去年的雪相比，除了白，其他都似乎不相同。我家的三间房子已经看不见屋顶上的瓦和草。我想走到原野的尽头看看那边的雪是不是也这样，但哥哥已经将锯的另一头递到了我的面前。

“锯完这堆木，你就会浑身热得像一条烤鱼。”哥哥说。

好吧，我们开始锯木。木屑从铁锯下跑出来落在雪地上，跟雪交替着覆盖对方。哥哥的嘴里不断冒出热气，像一口冒烟的烟囱。雪花将他装扮成了一个雪人，看不到他脸上的刀疤。寂静的原野只有我家三间孤零零的房子，村子在我家背后，翻过一座土丘才看得见。我们认识的人都住在那里。那里应该会有更多的雪，跟我们这里一样白。这个清晨没有什么声音，除了风声，现在就是锯木声了。锯木声跟着风会传遍整个世界。

这些锯成一段段长度相等的木头是有用途的。哥哥说，我们把木头卖给施工队，不仅可以赚些微薄的家用度过这个冬天，而且，快的话，明年就可以在离家十多里地的地方见到爸爸了。

四年前这个时候，雪没有那么大，爸爸从城里回来，带着我和哥哥到很远的山里伐木。爸爸是驾驭马车的好手，像电影里的战士一样。早晨出发，要越过两条冰封的河流，马车轮子在雪地上留下了沟渠一般深的辙痕。下雪天没有谁出门干活，整个世界仿佛只有我们父子三个人——当然，还有在家里为我们准备晚餐的母亲和妹妹。我们去伐木的路上兴致勃勃。爸爸领着我们唱哈萨克牧羊人的歌，歌声使寂静的旷野弥漫着欢乐的气氛。即使是砍树的时候，我们也是唱着愉快的歌。在歌声中树一棵又一棵地倒下来。傍晚，我们的马车驮回来了满满一车子的雪。妈妈把雪扫掉，木头就露出来了。妹妹没见过那么多那么粗壮的木头，兴奋得要将木头抱起来。我们把木头卸下堆放到墙壁边上，打算用它们建房子。我家的房子破旧得经不起风雪了，爸爸要修建一所坚固耐用的房子，野兽和寒风都侵犯不了。然而，房子还没开始建，爸爸却被人抓走了，很快被判了十五年监禁。跟那些木头没有半毛钱的关系，但没有人告诉我们爸爸到底犯了什么罪，为什么要把他关到离家那么远的监狱。爸爸没有跟我们解释什么，一直没有，直到现在也没有。三个月前，有一天，镇上来了一支施工队，开始我们都不知道他们来干什么的，在一块空荡荡的沙砾地上动起手来，看样子，规模还蛮大的。哥哥琢磨了半天终于看出了端倪：是盖监狱！因为他看到了施工图纸上画着一个又粗又大的圆圈。

“那是围墙——只有监狱的围墙才那么高那么厚！”哥哥对着那些迟钝和愚蠢得摸不着头脑的人激动地说。

他们无法说出更合理的推断，姑且认同了哥哥的猜测。很快，那些拔地而起的房子的模样也证明了他的判断。哥哥脑子很好用，很快想到了跟施工队做生意，把木头卖给施工队。昨天他从施工队那儿要回来了木头的尺寸。

“他们要我们的木头造门。”哥哥说，“作为监狱，门是最重要的。他们再也找不到这么坚固的木头了。”

“这是我家建房子的木头。”我说。

“房子暂时建不成了。这些木头搁太久了就会腐烂掉，趁还没变成废木头之前卖出好价钱。”看起来哥哥比平时精明。

“可是我们没有经爸爸同意。”我说。

“爸爸会同意的。郑千里也想卖木头给他们，可是，我跟施工队的头头混熟了，他们要我的木头，不要郑千里的。”哥哥得意而神秘地说，“我跟施工队的头头另外有秘密协议。”

“我们的木头是好木头。”我说。

哥哥低声吼道：“郑千里的木头也是好木头。我们不能让他知道……”

郑千里是我们的语文老师，除了喋喋不休，他唯一的能耐就是总能看穿我们的秘密。

我和哥哥一来一往地拉着锯。谁也不说话。我想爸爸了。落在锯齿上的雪很快就被拉进了木头的身体里去。我担心我家三间白色的房子会不会被雪压垮，妹妹还在房子里做着早饭。但我看不到炊烟升起来。

今天我们见到的第一个行人果然是郑千里。他从村子那边出来的，经过我家屋后小路，远远地看到了我们，等待我们向他打招呼。哥哥没有理睬他。我向郑千里举起一只手，另一只手抓不住锯子。锯子摇摆了，哥哥狠狠瞪了我一眼。我赶紧把空中的手收回来。郑千里停下来，犹豫了一下，似乎要走过来，但没有，沿着已经不存在了的小路往前走了，身后留下来的脚印整个上午都没有被雪抹平，反而成了后面的人的路标。

哥哥对我说，郑千里今天去县法院旁听，他儿子今天宣判——其实去听也没有用，曾经畏罪潜逃，罪加一等，或许会被枪毙——他家那些木头，本来想卖给监狱施工队，但被我竞争下去了，他只能给他儿子做棺材了。

哥哥不应该如此尖酸刻薄和幸灾乐祸。郑千里对我们一向不错，去年曾经给我们小半篮子陈年玉米棒，虽然已经霉黑，但我们几乎就是靠那些玉米棒度过冬天的。

第二个从我们眼前走过的人是阮玉娟。她一早提着一只袋子走得匆匆忙忙偷偷摸摸的，哥猜不出她要去干什么。后来，有了第三个、第四个、第五个，他们往镇上去，有的要去看政府门前有没有新的布告，有的是给监狱施工队当帮手的。他们之中有的免不了夸奖我们比他们家的儿子勤奋、懂事、上进。当第十个行人经过时，阮玉娟回来了，两手空荡荡的，神情沮丧，向我们走过来，对我们说，在六盘水我也有两个像你们这么大的儿子，他们锯起木头来比你们能干。说完，还没等我们回应便走了。此时，我们已经锯掉了十多根木头，我觉得我们已经够能干了，但她说世界上还有比我们能干的人。阮玉娟在村子里已经生活了十几年了，她让我们知道世界上还有一个六盘水，但她从来没有告诉我们六盘水究竟在哪里。

雪下得时紧时慢。锯木声有节奏地响着，单调得像流水的响声。我开始浑身发热，最后我和哥都把身上的衣服脱了，雪花直接沾到了我们的身上。我感觉痒痒的。我们的身体开始冒烟了，像两条在炉火上烤得正旺的鱼。我们的壮举不仅让路过的人惊叹不已，而且把妹妹吓坏了。她把端过来的玉米棒送到我们的嘴边。然后站在一旁，一边看我们锯木，一边被冻得颤抖。在她看来，锯木异常有趣，我和哥哥不是在干活而是在做游戏，她随时要参与进来。我和哥没有给她干男人活的机会。妹妹有些失望。

“多冷的天，你们快把衣服穿上。”妹妹懂得关心人了。但妹妹还小，不知道男人的身体有多热。我们的身体像有钱人家的厨房，能没完没了地冒烟。

我和哥哥一边啃玉米，一边锯木，争分夺秒，异常起劲。一人一条玉米棒是远远不够的，但只有那么多了。我们要省着吃才能度过这个那么早便开始下雪的冬季。

锯木单调无聊，没有什么好看的。哥哥叫妹妹回屋子里去。妹妹不听。她总是比我经得起哥哥的呵斥。她有撒娇甚至撒野的权利，我没有。哥哥要生气了，大声命令她回屋子里取暖去，他甚至对妹妹做出了揍人的动作。

妹妹还是不从，突然大声对哥哥吼道："我想妈妈！"

哥哥的火气马上就被浇灭。他停下了，对我说，把你的外套给她披上。妹妹不要我的衣服。她眼里满是泪水——她确实是想妈妈了。哥哥显得方寸大乱，把他的衣服披到了妹妹的身上。妹妹接受了。

妈妈已经离开我们三年多了。除了我们，没有人相信她会回来。

哥哥找不出劝慰妹妹的办法。那些重复过一万遍的话，妹妹已经听得厌烦。好吧，我们继续锯木。妹妹的头发上很快沾满了雪，再过一会，她也会变成一个小雪人。

"还有玉米棒吗？"哥哥问妹妹。

"还有，那是留给妈妈的。"妹妹说。她每天总是要把可怜的一点点食物分成四份，一份留给不知道身在何处的妈妈。

哥哥说，你把留给妈妈的玉米棒给柳燕送去。

"那是留给妈妈的，说不定她今天就回来了。"妹妹说。哥哥再次让她趁热给柳燕送去，妹妹仍然无动于衷。她敢顶撞哥哥。她仰起头生气地对哥哥瞪眼，还抖掉他的衣服以示不满。

柳燕是哥哥喜欢的姑娘。住在村子里面，很少出来见人。哥哥很喜欢那张还算凑合的脸蛋，但她有一条腿瘸了，还很瘦，连锯木的力气也没有，尽管如此，柳汉民这个瞎子还不同意女儿跟哥哥来往，他宁愿将女儿许配给监狱施工队一个叫宋小泉的人。哥哥见过那个人，长得又黑又矮，还少了一根胳膊。哥哥才十六岁，从没离开过家，却认定柳燕是世界上最漂亮的姑娘。妈妈还没有离开我们之前，柳燕是愿意将来嫁给哥哥的。妈妈一直对她不错。

哥哥要亲自去拿玉米棒。妹妹敏捷地跑过去拦截他，不给他进屋子。她眉毛上都是雪了，但眼睛依然亮晶晶的，还闪动着幼稚的怒气。我一个人无法锯木，锯子夹在木头里一动不动，远处的雪被风吹起来，往更远处飘去。哥哥纠缠不过妹妹，一气之下把妹妹推倒在雪地里，妹妹马上发出了悲愤的哭声，把世界一下子镇住了。哥哥只好作罢，哄妹妹，保证不把玉米棒给柳燕送去了，妹妹才渐渐停止哭喊，但好久也不愿意站起来，直到雪快将她覆盖了，哥哥才把她哄回屋子里去。

当我们把木头锯了大半的时候，从远处来了一个陌生男人。他浑身是雪，甚至看不清楚他到底穿没穿衣服。但他戴了一顶帽子。当他把帽子摘下来，抖掉上面的雪时，我和哥哥同时认出来了，那是我爸爸的帽子。还没和妈妈结婚之前，我爸爸就有这顶灰色的帽子了，是在新疆的时候牧民房东送给他的。爸爸说，那时候新疆下雪下得好大，寒风快将他的头发拔光了，房东可怜他，将那顶狼皮做的帽子盖到了他的头上。房东是一个有三个孩子的少妇，那顶帽子是她死去的丈夫的。她家有三十三匹马。我爸爸最喜欢那匹枣红色的母马，它像女房东一样温顺、大气，脸上洋溢着无比慈爱和坚毅。

“没有帽子，你装在脑袋里的书全都要废了。”女房东把帽子塞到我爸爸的怀里说，“人不能没有书，就像马不能没有草料一样。”女房东喜欢读书人。爸爸戴上帽子，一下子就感觉到了暖和。妈妈曾经说过，爸爸的脑袋里装着一个图书馆。如果妈妈不固执地从荆州去新疆找爸爸，爸爸就永远留在新疆，和女房东放羊牧马，每天都骑着那匹枣红色的母马从草原这一头跑到另一头，当然，他也就成了她三个孩子的爸爸。爸爸被抓进监狱后，妈妈开始懊悔，觉得她害了爸爸，悔恨一天比一天沉重，像雪一样越积越厚，终于有一天她一声不响地离开了我们，到世界上去了。

我们都戴过那顶宽大而暖和的帽子，对它太熟悉了，它的气味也没有变。我刚要问那个陌生男人怎么会有我爸爸的帽子，他却先开口了。他说，我是你爸爸的牢友，我的罪状比你爸轻得多，因此我可以请假，你爸爸不能请假，你爸爸托我来办点事。

哥哥将信将疑地看着他，“办什么事？”

陌生男人说，你爸爸在监狱里吃不饱饭，每天饿得睡不着觉，让我给他捎带一些吃的东西——你妈妈呢？

哥哥说，我妈妈到镇上去了，很快就回来。

陌生男人说，不等她回来了，你把东西给我带走吧，我还要连夜返回监狱把东西带给你爸爸。

哥哥说，我妈妈不在，事情由不得我们作主。

陌生男人沉吟了一下，说，你们锯那么多的木头干什么？

哥哥说，建房子用的，我家要修建房子了。

陌生男人说，你爸爸说，等他出来了才修建房子，你们省点力气。

哥哥说，我家需要新房子……我家没有粮食了，政府监禁我爸爸，应该管他的饭的。

陌生男子抹掉了脸上的雪，露出刺猬般的胡须，他的鼻梁好像断了，鼻子从中间塌陷下去，像一个冰窟窿。

“你爸爸吃不饱，他在里面每天都要花很多力气读书，因此要吃得比其他人多。”

哥哥说，我爸向来吃得很少，舍不得吃……

好像你们不相信我……陌生男子摘下帽子对哥哥说，这是你爸爸的帽子，我是来替他办事的——你们信不过我，但总应该相信这顶帽子吧。

哥哥再次提到了妈妈，说，我妈妈不在，事情由不得我们作主。

陌生男人说，难道你妈妈会让你爸爸挨饿吗？

哥哥还在犹豫之际，妹妹已经将家里所有的玉米棒都端到了陌生男人的面前。一箩筐的玉米棒。妹妹吃力地将它从屋子里捧出来，乐呵呵地，腰都弯了。那是我们过冬的粮食，我和哥哥将它严严实实地藏在屋子的一个秘密角落里，她是如何发现的呢？

“好了，你一定要将它送给我爸爸。”妹妹郑重其事地嘱托陌生男人。

哥哥欲阻止妹妹，但她像一家之主那样威严、决断，让哥哥无从插手。

陌生男人掂了掂箩筐里的玉米棒，满意地说：“省着点，够他吃一个月了。”

我怯怯地问，我爸爸在监狱里好吗？

陌生男人想了想，沉吟道：怎么跟你们说呢，在监狱能好到哪里去？

我又问，他知道自己很快要转回到离家才十多里的新监狱吗？

陌生男人又想了想，说，这么好的事情他应该知道。

我说，新监狱已经动工了，很快就会建好，将来我爸爸在离家十多里地的监狱服刑，就跟在自己家里差不多了。

陌生男人说，唔，那当然好。

哥哥担忧地说，你拿走了这些粮食，我们吃什么？

陌生男人一脸茫然道，你爸爸没说，我也忘记问了。

妹妹拍拍手，轻松愉快地说，哥哥，我们卖掉这些木头就能换粮食了。

陌生男人惊讶地看着妹妹，对她充满了赞赏，转而训斥我和哥哥说，你们两个男人想问题还比不上一个小姑娘！

受到赞扬的妹妹露出满脸骄傲的神色，手脚异常麻利地协助陌生男人把玉米棒装进早已经预备好的白色布袋里。扎牢袋口，陌生男人站起来拍掉身上的雪，然后拎着玉米棒走了。他的脚印很小，像狼走过的痕迹。

妹妹像做了一件大事，一副老成持重的样子，满怀喜悦地回屋子里去了。我和哥哥继续锯木。但哥哥的精神有些恍惚。他肯定是在想刚才那个男人，或者想着明天的粮食。我也开始怀疑起那个陌生男人，越想越不对头。我爸从来都是让我们吃饱了他才吃，他怎么可能向我们要粮食呢？但是，万一陌生男人说的是真的呢？也许爸爸真的是饿得不成了，那边的监狱再也不能待下去了。明天我要到镇上去找施工队，敦促他们加快施工进度。

妹妹又一次从屋子里走出来，对我们说，她想去看看爸爸。爸爸远在千里之外，我们从没去过那个地方。

哥哥对她吼叫一声，你先屋子里去，等雪停了再说。

这一次妹妹很听话，回屋子里去了。我感觉身子变冷了。哥哥的身子也不再冒烟。我用力拉锯，但似乎拉不动了。哥哥那头的力气已经不够用。锯子摇摇晃晃。

此时快到晌午，雪停了。原野开始躁动。郑千里从原野的尽头回来了，看上去垂头丧气的。经过我们的时候，我想叫一声“郑老师”，但声音在喉咙里吐不出来，好像被泥巴堵塞了。他突然转过身，向我们走过来。用尖刻的语气质问我们说，你们知道自己在干什么吗?

哥哥莫名其妙，愕然抬起头来，像一根木头耸立在雪地里，像在课堂上犯了大错。显然是，被郑千里的气势镇住了。

“你们是在画地为牢！助纣为虐!”郑千里激愤地说。

我们无法理解他高深莫测的修辞。这个还会写对联和诗词的人说话向来喜欢卖弄文采，从不管别人能不能听懂。

“你们在帮他们修建一座新监狱，还用好木头给他们做坚固的门！现在，整个镇甚至全县的人都人人自危了。说不定哪一天我们，还有你们也要被抓进去！米缸里可以什么也没有，但监狱永远都不可能是空的！你们竟然乐滋滋地给自己修建监狱!”郑千里一副恨铁不成钢的样子，指着我们咬牙切齿地吼道，“如果没有监狱，你爸爸就不用坐牢。你爸爸要是蹲进你们帮建的监狱，又认出门是用他自己伐的木头做的，会恨死你们两个混蛋!”

我们被郑千里骂懵了。当我们醒悟过来时，郑千里已经走远了。

哥哥将锯从木头上移开，把铁锯扔到远远的一边，然后一屁股坐在地上，身子散架了，像一堆雪融化为水。我赶紧穿上衣服，也给他递上衣服。

“我们不卖木头了。”哥哥说，“把所有的木头都烧掉!”

我迟疑着，我想听清楚哥哥在这个洁白无瑕的世界里说的每一句话。哥哥再次命令我说，全部烧掉!

哥哥的吼声像郑千里一样严厉，劈头盖脸，排山倒海，没有质疑的余地。看样子他不是开玩笑。

如此说来，这个上午，我算是白忙了。但还是不甘心，想跟哥哥争辩，此时从屋子里传来妹妹一声撕心裂肺的惊叫。哥哥连滚带爬，风一样扑过去。被他卷起来的雪，在我眼前溃散开来。

等待一个将死的人

春天刚过，突然来了一场洪水，把米河上的石拱桥冲垮了，还来不及修复，便传来阙越要回来的消息，村子一下子就紧张起来了。大人不让孩子们乱跑，严令他们待在屋里。正在搭桥的人似乎也有些不知所措，中午时分，懒散地躲到山坡上的树荫下，等待一个将死的人通过他们草草搭起的浮桥。

洪水还没有消退。水位那么高，水流那么急，如果没有桥，我们便与世隔绝，即使对岸有金子，我们也无法泅渡过去。浮桥刚刚搭成骨架，上面散乱地铺了一些草皮和树枝，按理说，得铺上一层沙石和木板，还得多打几根稳固的木桩，但这些事情都还来不及做。湍急的河水不断地冲刷着浮桥，存心要把浮桥整个地冲走。在岸上观看搭桥的闲人早已经走了，但我不能一走了之。我在焦急地等待着哥哥从镇上回来，希望他能赶在阙越之前到家，别沾上了晦气。妈妈也已经迫不及待了。她等待着哥哥的药。她永远把康复的希望寄托在还在途中的药。

妈妈已经病了好久，一直躺在床上，即使把全身的气力收集起来，也无法自己爬起来。哥哥一大早就到镇上抓药了。出发的时候，浮桥还没有搭起来，几个搭桥的人将他举过头顶送到了对岸。过了米河，一路上似乎再也没有阻隔。如果不像上次那样，不计后果地用妈妈的药费买票进镇电影院看一场电影，他也应该回来了。

大路上看不到人影。炽热的阳光晒得水面都快要冒烟了。田野里被暴雨肆虐过的水稻东倒西歪。因为没有了桥，我们不用上学，天空变得比平常更加辽阔。我独自守在断桥的对面，站在旧磨坊的屋檐下遥望。

搭桥的人没有声息，估计他们已经睡着。我饥肠辘辘，与妈妈的病情相比，现在我更担心哥哥。

从大路的尽头来了一个骑车的人。顺着弯曲的黄土路慌慌张张地来到了河对面。他是邻村的人。他对我说，阙越已经回到鸽子铺。那就只有二三里路。

你见到我哥吗？我问。

他说，你哥是谁？

我说，他光着上身，瘦瘦的，手里拎着一副药，走路一拐一瘸的。

他说，我只看见阙越——阙越回来了，你还愣着干什么？

我在等我哥。

那人终于明白我为什么不回避，悻悻地说，沾上了晦气你妈会骂死你！

我想骂我哥。他应该趁着大路还干净，快点回家，阙越经过的路就有了晦气……

那朝着山坡上搭桥的人喊：“你们不要睡了，在一个快死的人面前睡觉，你们会比他死得更早！”

山坡上的人一骨碌爬起来，一边打哈欠一边骂人。

“他人回到哪里了？”他们问。

那人说，到鸽子铺了。

山坡上的人有些慌乱，但不屑跟骑车的人说话。骑车的人过不了河，推着车顺着河岸往北，在杂草荆棘中仓皇疾走。

阙越是我们村出去的读书人，其实也没读过多少书，认得的字也未必比我爸多，只是声音好听，会念稿子，有一天莫名其妙就成了镇文化站干部，不久成了县广播电台的播音员。每天傍晚，村里的每一个人都能听到他在广播喇叭里说话，好像是，他是一个很要紧的人物，向全世界的人讲话。妈妈对我说，我一生下来就能听到阙越的声音了，比听到我爸的声音还早。那声音好像是从好远的地方传来的，代表着权力和威严。虽然对他的声音耳熟能详，但我只见过一次他。很久以前，他回过村里一次。村里的人说，阙越只回过两次米庄。第一次回来，跟阙元的妈妈结婚，第二年有了阙元。第二次回来，我和阙元都已经八岁了。他回来那天，是一辆草绿色吉普车送他回来的。村里听说他要回来，学校停课让学生平整了道路，清理掉了村口乱七八糟的垃圾，挂上了红色的横标，有人敲锣打鼓，有人指挥我们喊热烈欢迎。一张嘴，黄色的尘土便乘虚闯入我们的喉咙。那辆吉普车，方方正正，摇摇晃晃，从大路的尽头回来，一直很争气，转了十几个弯，扬起的漫天黄土，遮蔽了太阳，遮蔽了村庄，然而，在过石拱桥的时候，突然熄火了，像一个人突然断了气。吉普车就抛锚在桥的拱顶上，把整座桥都满满地霸占了，无法通过的蚂蚁都堵塞成长长的队伍，比道路还长。

阙越从吉普车上缓缓地伸出一只黑色的皮鞋，过了好一会，才伸出乌黑的头。整个人出来时，把怯生生的阙元吓得往我身后退，拽着我的衣角躲在人群里。阙越人很高大，一身海军蓝中山装，双手反握在背后，肚皮微微鼓起。他向桥的两头扫了一眼。他的眼睛像麻雀的眼睛一样小，却很逼人。我看到了他冷若冰霜的脸，跟广播里的声音一样冷。一些远远围观的人觉得无趣，散漫地走开了。

阙元的妈妈叫淑媛，是远近公认的美人，年轻，身材高挑，皮肤白净，穿着整洁，五官匀称好看，做人做事低调，说话和风细雨，与人十分友善，虽然也干农活，但一点也不像农村的人，人们说她比县文工团的演员要好看得多。我觉得也是。我妈妈就没有那么漂亮，为此她伤透了心，因为爸爸经常拿淑媛跟她对比。

淑媛欣喜地迎上去。但阙越并没有正眼看她一眼，背着手，旁若无人地从她身边走过去。过了石拱桥，阙越从人群中发现了阙元，也只是向他点了点头，然后顺着弯曲的黄土路回家。阙元和他的妈妈远远在跟在他的身后，自始至终不敢接近他。路上，阙越抬头看到了电线杆上挂着的喇叭筒，阴冷的脸上才露出灿烂的得意之色。

阙越回到了家里。一个庭院，四五间瓦房，是他祖上留下来的，听说他要回来了，淑媛提前请人修葺了一番，把猪栏鸡舍收拾干净，但依然显得年久失修。阙越环视一周，似乎很厌恶，好像是，这是别人的家，没有一处能安放他双脚。淑媛让阙元给爸爸端椅子，阙元不敢，躲到了屋里。淑媛试图靠近阙越说说话，说说家里的情况，商量祖坟修整，此时传来吉普车引擎发动的声响。司机鼓捣一番后，吉普车重新点着了火。

“我得走了。”阙越对自己说，“台里……县里一分钟也离不开我。”

淑媛终于大胆地说，吃了饭再走吧，米都已经放到了锅里，鸡肉炖一会就好了。

“我能回来看一眼已经不错了。”阙越说，然后踢开院子栅栏虚掩的门，越过甘蔗地，沿着桑树茂盛的池塘边往前走，经过我家门口，觑了一眼我家脏乱的庭院，脸上马上露出厌恶的表情，转过老水井，就走到了大路上，往石拱桥方向走去。低着头，弯着腰，他的两只手，始终反握在背后，一跪下，那样子就跟行刑时的死囚差不多了。

在路上，有人迎面而来，躲不过去了，笑眯眯地问阙越：“阙主任又要走啦？”

阙越与那人拉开好了几步，才回头用手指了指电线杆上的喇叭回答说，我不走你们能听到我的广播吗？

他说话的声音没有广播里的好听。苦涩、干枯，酸溜。

听说淑媛也到过县城的，但只去过一次，带着还在襁褓中的阙元，回来闭上门哭了一天，从此再也没有到过县城。淑媛对村里的人说，阙越在县城里很忙，她不忍心再去打扰他。

淑媛很爱丈夫。自家鸡生下的鸡蛋舍不得吃，连阙元也不让吃，攒够一竹篮了，就送到镇上去，交给镇广播站的老郭，托他到县城开会顺便给阙越捎去，阙越要补身子，身子不好，中气就不足，播音就没有劲头，就不能一口气说那么多的话，特别是他的嗓子，需要鸡蛋滋润。有时候，淑媛给老郭送新攒的鸡蛋，发现前两次的鸡蛋还在柜台上搁着。老郭说，两三个月没有机会到县城开会了，要不，你自己亲自给老阙送去吧。淑媛说，我不能去打扰老阙的工作，还是等你有机会了再给他送去。老郭说，恐怕鸡蛋都坏了。淑媛说，坏了也要给他送去。

老郭是个老实人。他忍不住对淑媛说实话，你家老阙呀，也不吃鸡蛋，嫌腥味重，每次给他送鸡蛋，他都让我直接送给六楼的那个女人了——一个年纪轻轻便丧偶的湖北女人，说话娇滴滴的，对我都不正眼看一眼，还嫌我鸡蛋送得迟了，那样子，好像这些鸡蛋是她下的，现在由我奉还给她一样。

淑媛惆怅了一下，还是把鸡蛋留下来，说，继续给他送去吧，鸡蛋到了他手上才有用。

那时候，我们以为阙越每天广播前都吃了鸡蛋，因此他的声音听起来有一股鸡蛋的芳香，惹得我们边听广播边流着口水。后来阙元忍不住道出了真相：“我爸根本就不吃鸡蛋！”我们顿时就觉得阙越的声音没了鸡蛋的气味。

“只有青菜的味道。”

“不是，是咸肉的味道。”

我们从阙越的声音里闻到了各种与菜肴有关的气味，但每一个人的判断都不尽相同，并为此喋喋不休地争吵。

阙元说：“你们不要吵了，那是狗屎的味道！”

阙元懂得生气了。因而，我们不再各抒己见，一致认同阙元的看法。

“不错，是狗屎的味道。”我们附和着说。

但阙元还是为每天听到阙越的声音而自豪。他说，哪怕我爸在我的两只耳朵里塞满了狗屎，我也喜欢。

平日里，我们看不出淑媛有什么忧伤。她乐善好施，不争强好胜，明明吃亏了也不计较，跟村里的人关系很好，人们都同情她，替她可惜，但谁也不愿意跟她提起阙越。不是前年就是去年年初，有人故意将村里的广播电线剪掉了，有一段时间听不到阙越的声音了。开始的时候，大家不太适应，后来慢慢习惯。淑媛也没有表露出异样，广播对她而言，似乎早已经无胜于有。但不久前镇广播站的老郭带人将广播电线重新接起来，还将旧的广播换成新的，声音一下子变得清晰而高亢，好像给村里的每一个耳朵都安装了喇叭筒。只是，广播里再也听不到熟悉的阙越的声音，人们既惊讶又幸灾乐祸。

“阙元，广播里没有你爸爸的声音了，是不是你爸爸死了？”

阙元的虚荣心受到了伤害，不再在伙伴们面前提他的爸爸。但他断然否认他的爸爸已经死了。

“我爸昨晚还回来过，天没有亮又赶回县城去了。”阙元煞有其事地说。

我们将信将疑。然而，很快便有了消息。是今年年初，我们正在课堂上上课，校长突然闯进教室，把阙元拉到长满了苔藓的走廊上说，你爸快死了，你妈叫你跟她一起去县城，看看你爸。

我们都听到了。阙元既惶恐，又兴奋，回到座位上收拾东西，低声对我说，我终于可以去一趟县城了。

阙元要随他的妈妈去县城照顾爸爸，向校长请了很长的假，长到他一回来就将是暑假了。他做好了在县城长时间停留的准备。然而，出乎意料的是，他中午出发，傍晚便回来了。而且，他们并没有到达县城，而是刚到镇汽车站，老郭便将他们母子拦截住了。

“老阙老早就打电话叮嘱过我，不准你们去看他。”

淑媛说，人都快死了，我能不去看看吗？

老郭说，老阙是一个很严肃认真的人，一不高兴连广播电台都敢砸了。

淑媛说，那我怎么办？

老郭说，种好你的地，带好你的孩子，一切照平常办就好。

淑媛说，我去邮局给他打个电话吧。

老郭说，他在医院里，哪方便听电话——他要是愿意听你的电话，也同意你去看他了。

淑媛就在镇汽车站前门的老槐树下坐了一个下午，看着最后一趟去县城的班车离开后才回家。阙元无所事事地陪着妈妈坐了一个下午，想不明白，为什么去一趟县城那么难。

阙元随他妈妈回到石拱桥时，再也不愿意回家，赖在桥墩上黯然神伤。淑媛回头催促了几次，他依然顽皮地抱着桥墩。淑媛快要生气的时候，他的泪水突然就哗啦啦直下。

“爸爸真的快死了，丢下我们不管了。”阙元说。

淑媛去瓣开阙元的手。阙元死活不放。

“桥快要崩塌了……你放不放手？”淑媛说。

阙元相信淑媛的话，赶紧离开桥面，呜呜地哭着回家。

阙越快要死的消息从年初一直传到现在，却始终没有他的死讯，使得日子漫长得看不到尽头。校长似乎对遥远县城的蛛丝马迹了如指掌，隐约透露了阙越的病情，是肺癌。喜欢喋喋不休的语文老师对我们说，一个人说话说多了，肺部就受不了，就会得病，因此，当教师和播音员迟早要死于阙越这种病。阙元开始为自己的爸爸快死而心灰意懒，坐在课堂上有时候无缘无故就哭出声来。开始老师还安慰他几句，后来就习以为常，视若无睹。那场洪水之前，终于传来了阙越的消息。

他要落叶归根，要死在自己的家乡，要把生命中最后一口气留在米庄。

消息一传来，村里早已经骂声一片，平时不回来，非要临死才想到还有一个家，还有一个米庄。米庄也不缺他最后那一口气呀，他回来干什么？但他们心平气和之后觉得阙越这样做无可厚非，这里是他的家，落叶归根是他的权利，况且，一个人活着回来总比变成一只骨灰盒被带回来要好得多。

淑媛开始手忙脚乱地准备，半夜里还撑着灯张罗。阙越嫌恶家禽的气味，她就把尚没到出栏时候的猪卖掉了，把猪栏里里外外清洗了一个下午。鸡屋被转移到离院落很远的旧瓦窑去了。阙元一棵一棵地拔掉了院子里所有的杂草，铲除无处不在的苔藓，将所有可能存在的鼠窝全部捣毁，把地上成群结队的蚂蚁扫掉，把蚁穴严实地封死。阙越睡过的房间被收拾得像宾馆一样整洁，床单和席子是新的，窗帘换成了淡红色，像新婚燕尔的洞房。碗筷也是新的。破旧得难看的东西全被堆放到墙角烧掉了。淑媛很紧张，生怕有百密一疏，反复梳理，能想到的细节都已经做到了尽善尽美，就是恨不能将自己也变成新的。

然而，阙越回来的消息被反复传说了半个多月，仍然不见他的踪影，一个真实的消息快要成了谣言。有人说，阙越可能起死回生，病情好转了，就不需要回来了。也有人说，可能人已经死了，回来的只是骨灰。洪水暴发前的一天，村里突然接到镇上的通知，马上派四个壮男到县里迎接阙越回来。县里没有用吉普车送他，要米庄派四个壮男把他抬回来。米庄的男人刚要咆哮，镇政府的人用干脆利落的承诺迅速平息了他们的不满和疑虑。我爸爸第一个报名，丢下病中的妈妈带着三个比他更壮实的男人连夜走了。

爸爸走的这一夜，一场暴雨不邀而至，铺天盖地地倾盆而下。第二天一早，洪水已经将河淹没，村口开阔的稻田变成泽国。当洪水退去，石拱桥竟不见了踪影。

我远远地看见了我哥从路的尽头跑过来。我兴奋地喊，哥，快跑！

哥哥随着道路绕了几道弯，很快便跑到了河的对面。他站在石拱桥的残垣上，上气不接正气，对我说，阙越过了鸽子铺了，我看见了，爸爸抬着阙越，只顾看路，没有发现我。我跑到了他们的前头。

我问，哥，妈的药呢？

哥哥举起空荡荡的双手说，药没抓……药店缺少一味药，少了一味药整副药就没有用——就像这条河，少了一座桥就回不了家——不如不抓。

哥哥放下空荡荡的双手，胸脯上的骨头一条条地露出来，像竹排一样。

我说，那抓药的钱呢？

哥哥说，这事你甭管。

他肯定又拿抓药的钱去看电影了。上次因为他拿买药的钱看了一场电影，被爸打得皮开肉绽，差点儿没死过去。而他竟不思悔改！他还幻想着要当一个演员，让米庄所有的人在镇电影院的银幕上看到他的表演。

哥哥压低声音说，爸爸走这一趟县城，至少赚了半头猪的钱，够妈买半年的药了，比搭桥的活实惠得多。

看着湍急浑浊的河水，我一阵头晕目眩。哥哥怎么过河回家？

浮桥显得很不稳固，哥哥试图踏上去，但桥是动的，摇晃了一下，他赶紧把脚缩了回去。河水又深急，除了借助浮桥，哥哥没有其他办法过河。

哥哥要重新试一次。但他的脚刚要踏到桥上去，修桥的人厉声喝止了他："桥不是搭给你走的。"

"那你们搭的桥给谁走的？"我哥把脚缩回去，不满地嚷道。他赤裸的上半身被晒得黑不溜秋的。

搭的桥的人不接他的话。

哥哥讥讽道，我知道，你们是搭给阙越走的——有什么样的屎就有什么样的狗。

搭桥的人早上帮过哥哥过河的，他不应该说这种忘恩负义的话。但搭桥的人没跟他计较，他们跳到河里，分散在浮桥的四周。河水淹到了他们的脖子，矮小的阙新闻被河水淹过嘴巴了，快淹到鼻孔了。哥哥弯腰挑逗他说，阙新闻，说说话给我看看，来，说两句，就两句。阙新闻紧闭着嘴，憋着气，瞪着眼，并不搭话，拼命地往上仰起了脸，仿佛要将自己的头暂时从身体分离出去，一只老鼠腐尸漂过，还在他嘴边打了一个转圈，他视而不见。

哥哥还想变个把式逗阙新闻说话，忽然传来沉重而仓皇的脚步声。尽管隔着一条河，我似乎仍然能感受得到大地的颤动。

我抬头，远远能看到四个人肩上抬着一只白色的担架，正往我们这里过来。悠长的大路空荡荡的，只有他们在疾走。我看不见担架上的人，只看得见一张白色的被单，白得刺眼。四个人走路很有节奏，似乎训练有素且毫不费力。

哥，你快点过河，否则爸会骂你的！我说，你必须赶在爸爸之前过河！

哥哥看了看浮桥，又看了看河里的人，他们毫无让他过桥的意思。白色的担架不断逼近。我紧张地示意哥哥快点放下面子恳求搭桥的人。

“我偏不走他们的桥。我就不相信天底下只有一座桥！”哥哥傲慢地说。

哥哥转身往南走。我低声喊道，哥，你往哪里去？

哥哥说，我去寻找第二座桥！世界上肯定还有另一座桥回家。

他一副毅然决然死不回头的样子，沿着河岸一直往南面走去。米河的南面是清湾镇、高州、鄱阳，一直往南，就是南海……

我的呼喊于事无补。哥哥很快淹没在狗尾巴草丛里。

担架终于出现在河的对岸。我躲藏在一堆草丛中，偷偷地看他们如何过河。我更想看看将死的阙越。看一个人将死的时候是怎样的衰败和悲凉。

我看到了爸爸。他在担架的后面。担架把他的一个肩头压得坠了下去，快要将他的一边肩膀卸掉。他显然已经不堪重负，至少是强弩之末了，瘦削的脸已经痛苦地扭曲，表情估计要比担架上的人还要难受。

“桥可以过了吗?”担架前头的人问。

河里的人手忙脚乱，正紧张地布置着，心里不够踏实，“你们放下来休息一会吧。”

“不能随便放下来。”担架前头的人低声说，“阙主任不让放下来，他害怕放下来就起不起来了……”

担架上的阙越重重地呻吟了一声，算是肯定这是他的态度。

河里的人用肩头和双手扛着浮桥，慌乱一番后，为首的问他的伙计，准备好了?他们都说准备好了。阙新闻依然没有张嘴说话，他拼命地将脖子仰起，让鼻子保持离水面一寸之距。

“可以过桥了。”为首的说，“不过，要小心点。”

担架在阳光下异常耀眼。担架要过河了。

前面的两个人同时把脚踮起来，试探着踏到浮桥上去。桥晃了一下，他们赶紧把脚缩回去了，好像他们碰到的不是桥而是一堆火。

河水冲刷着四五个搭桥的人。他们下水的时候只穿着一条裤衩，湍急的河水要将他们身上的皮剥走。

“放心过吧。”水里的人说，“请阙……主任也放心。”

扛担架的人比谁都急着过桥。他们已经快扛不住了。

担架前头的两个人又反复试探了几次，依然不敢贸然踏上桥去。我爸爸终于忍无可忍，说，我们调换过来，你们在后头。

担架前头的人转过去，我爸爸和阙丁财掉到了前头。爸爸深深地吸了口气，然后把右脚放到浮桥上。桥晃动着。爸爸本能地退了回来。

"怎么样?"阙丁财问。

爸爸说，没问题，比石拱桥还牢固。

爸爸再次将右脚踏上桥面，试探着用劲，"能过。"阙丁财犹豫着也将右脚往桥面探了一下，但像触电了似的，迅速退了回来。担架摇晃了一下，阙越发出一声惊叫。他的声音真的好听，连惊叫都比普通人好听。

"你害怕什么！桥除了摇晃外没有什么危险。"爸爸信心满满的，不知道他的斥责的是阙丁财还是阙越。但他的双腿开始颤抖。

等一会。他们说。等稳妥一些再过去。但又等一会，桥还不见得越来越稳妥，相反，桥随着流水移动了一两步。

过桥吧。我们总不能这样站着。爸爸说，桥下面的人也快撑不住了。

爸爸闭上眼睛，小心翼翼地将右脚放到了桥上，过了一会，对阙丁财说，你也将你的脚放过来吧。

当阙丁财把右脚放到了桥面的时候，爸爸的左脚已经到了桥面。

他们上桥了。他们站在桥面上，桥开始更加剧烈晃动。他们在桥面上犹豫，八条腿都在颤抖，哪怕有一条腿站不稳，整副担架就会掉到河里。因此，他们都在等待每一条腿都可靠了才敢迈出下一步。桥上的人不说话，桥下的人也不说话。只有流水的声音和流水冲刷桥的声音。我在草丛中替他们捏汗，全然没有觉察到淑媛和阙元早已经站在离我不远的桥头边上。当我看到他们时，担架已经到了桥中央。

河水似乎变得更湍急了，桥面上的草皮被不断地冲刷掉，随水而去。桥下的人咬紧牙关，死死地固定着浮桥，但流水还是将他们冲撞得踉踉跄跄。扛担架的人都听我爸爸的，他迈出一步，其他人随之迈出一步。他停下来，其他人也得一动不动。动的时候，他们的双手死死地抓住担架，仿佛只有抓住担架才不会掉到河里。不动的时候，他们屏气凝神，似乎在听水的声音。淑媛紧紧地攥住拳头，牙关紧闭，满脸汗水。阙元抓住妈妈的手，半个身子躲藏在她的身后。

突然，不知道谁惊叫了一声，整座浮桥猛烈地晃动着。桥面上的人跟着慌张，甚至开始左右摇摆了。那样子，快要落水了。淑媛把自己的嘴唇都咬出血了，始终没有发出一点响声。但她终于支撑不住，瘫软在地上。阙元也一屁股坐到了地上。

“别慌！”我爸爸大喊一声。

这一声竟然起到了稳定局势的作用。他们挺住了。桥恢复了安稳。

爸爸要豁出去了。他大声地说：“大家闭上眼睛！预备，跑过桥去！”

爸爸闭上眼睛。扛担架的人闭上了眼睛。桥下的人也闭上了眼睛。当我睁开眼睛时，桥上已经没有人。他们已经到了河，正往米庄方向疾走。淑媛和阙元跟在他们的身后，像一队浩浩荡荡的人马。

我走到桥头，看河里那五个人以不同的方式爬上岸来。他们个个都已经筋疲力尽，像经历了一场生死搏斗，连骂娘的气力都凑不够了。阙新闻是最后一个挣扎着爬上来的，他的肚皮鼓得像一只球，兴许他喝了很多水。当他仰天躺在地上时，才发现自己的裤衩不见了，下半身也赤裸裸的，但他顾不上这些，只顾大口大口地喘气，然后转身往地上大口大口地呕吐。

浮桥上的草皮早已经七零八落，千疮百孔，只剩下一副框架。

我回到家里的时候，爸爸已经躺在床上鼾声如雷，他的枕边杂乱地放着十几张面额不等的钞票。妈妈在另一个房间，以为是哥哥回来了，叫了一声哥哥的名字。我说，哥哥还没有回来。

妈妈说，他爸都回来了，他死哪里去了？

我说，哥哥也应该快回来了。

妈妈喋喋不休的，越说越生气。我听得心烦意乱，走到听不到妈妈叨唠的地方，替哥哥担心。我不知道他是否找到了第二座回家的桥。

爸爸一直睡到傍晚仍没有醒过来。我已经做好晚饭。令我心惊肉跳的是，竟然传来了猫头鹰的叫声。很久没有听到这种毛骨悚然的声音了。

整个米庄似乎都突然变得慌乱起来。鸡迟迟不愿意回舍，狗叫得更凶恶。孩子的哭声此起彼落。每天骂孩子骂得很恶毒的方柏芝突然变得温柔，叫孩子回家的声音像唱歌一样曼妙动听。

夜色弥漫之时爸爸终于起床了。他抓着一把钞票从房间里走出来，坐到饭桌前，端起饭碗胡吃了几口，突然抬头问，你哥呢?

我闪烁其词说，哥今天早上去镇上买药，本来已经回来了的……他应该已经回来了。

我想，哥哥已经回来了，但只是他不敢回家而已，也许他躲藏在牛栏或柴房里再伺机出来。

爸爸想起了什么，猛然放下饭碗，说，妈妈的药呢?

爸爸马上就要暴跳如雷了。为了自保，我必须说出真相了，而此时妈妈为我解了困。

“今天我已经吃过他哥哥煎的药了。”妈妈在房间里说，“今天的药喝起来比前阵子的苦，配方改了一下，也就更苦了。”

爸爸的怒火慢慢蔫了下去，最后熄灭了。

“你放心，我狠狠赚了一笔钱，够治好你的病了。”爸爸对妈妈说。但我们都知道，妈妈的病是治不好了的。

“我哪能放心!”妈妈突然吼了一声，“阙越都快死了，我哪能放心!”

爸爸很不耐烦，你说什么呀？跟你有什么关系呢？你想到哪里去了呀？

我也不明白妈妈想到哪里去了。

第二天，第三天，直到第五天，哥哥还没有回来。我找遍了他所有可能的藏身之处，仍一无所获。妈妈无法隐瞒，她也担心起来。我向父母坦白了一切。爸爸操起刀，去找那些搭桥的人。可是，搭桥的人没有做错什么，那座浮桥确实是政府出资请他们搭的。阙越过了河，浮桥当天就拆除了，因为它并不能保证过桥的人的安全，而一座新的石拱桥正在紧张搭建。爸爸也就不能向他们兴师问罪。

爸爸沿着河岸往南走。河的水位已经回落，河水慢慢恢复清澈。爸爸搜索了每一个可以藏匿尸体的角落。开始时，我跟随着他，但后来我被他轰了回来。他独自往清湾镇、高州、鄱阳走，随着弯曲的河床，一直往南，半个月后，他将会到达南海。

阙越回来后，为了让他安心养病，淑媛叫人把村里的广播喇叭掐了线，让世界安静一些。但阙越觉察到了，他让淑媛的耳朵贴到他的嘴巴，然后用恶毒的话咒骂淑媛，尽管他的声音微弱、断断续续，但她听明白了，要她马上恢复广播，他要听县广播电台的声音，实际上他要听到那个湖北女人的声音。淑媛说，那就让广播继续响吧。不仅如此，她还叫人把广播喇叭移到了她家，挂在房间窗外的屋檐下，让阙越听得清清楚楚。阙越听到那个湖北女人的声音时，双眼突然放出亮光，嚷叫着要马上回县城。但广播一停止播音，阙越的双眼慢慢就暗淡、紧闭了，乃至全身瘫软，然后发出痛苦的呻吟声。

“他的呻吟没有他广播的声音好听。”有人说。

听得出来，这是幸灾乐祸的话，虽然没有人附和，但心底里谁都认同。

阙越的呻吟声越来越弱，但有时候村里的人经常能听到他恶毒地咒骂淑媛。淑媛并不计较，整天都伴随着他，待在那间房子里，给他喂药、擦拭身子，抚摸他的肺，晚上就睡在他的身边。村里很久没有人见过她了。我每天等待着爸爸带着哥哥回来，人们每天都等待另一个消息：阙越死了没有。日子因而变得异常悠长、揪心并充满悬念。

每到傍晚，猫头鹰总要在村子对面的山林上叫。只有一只，但叫得烦人。有一天晚上，阙元悄悄地找到我。

“你敢不敢陪我一起去杀死那只鸟？”他说的是猫头鹰。

我正疑惑之际，阙元从身后取出一支枪。是阙新闻的猎枪。长长的枪管，简陋的枪柄，那扳机我扣过。

“我偷来的，杀了那只鸟我就还给他。”

阙元示意枪已经装上了火药、铁沙。我犹豫不决。

“猫头鹰想吃我爸的肉！”阙元说，“……也等着吃你妈妈的肉。”

因此，我们出发了。

我们悄悄地摸进山林朝着猫头鹰的声音靠近。可是，我们从没见过猫头鹰。越靠近，越紧张。阙元是一个胆怯的人，拿着枪却不敢走到前面。我手无寸铁，双腿不听使唤。黑暗里，我们喘息的声音越来越大。我们推扯着，谁都希望对方走在前面。

“把枪给你。”阙元说。他把枪送到我的手里。我不敢要。我从没开过火。阙元也没开过。村里除了阙新闻，没有人会打枪。阙元趁他喝醉，把他的枪端了。枪杆子上还有酒味。

干掉猫头鹰。我想。但我把枪推回给阙元。猫头鹰要先吃的是他爸爸的肉，而不是我妈妈的。

我们抬头看到了猫头鹰散发着幽幽绿光的眼睛。它的瞳孔里，有我们两人的身影，我在左边，阙元在右边。我不禁毛骨悚然。

阙元紧挨着我，我们互相挨着，汗流满面。阙元有意撤退了，但害怕惊动了猫头鹰引来杀身之祸，骑虎难下，我甚至闻到了阙元裤裆里散发出来的尿味。

“还是放一枪吧？”我轻声地说。

阙元把枪再次推给我。我刚要接枪，猫头鹰突然扑腾到了我们的头上方往另一棵树飞去，凄凉地叫了一声，把我们吓得魂飞魄散。阙元扔掉枪，撒腿就跑。慌乱中，我捡起枪，跟着他逃之夭夭。

这一次，我依然没有看到猫头鹰的脸。

酒醒后阙新闻发现猎枪不见了，慌乱得像丢了魂魄，在村里挨门逐户地寻找，除了阙越家，他搜寻了村里的八十七户，一无所获。阙新闻对我说，一定是你偷走了我的枪。我笑了笑说，昨晚我在家里寸步不离，不信你问我妈去。他到我妈妈的病榻前说，我的枪不见了，我怀疑是你儿子偷的……我妈妈告诉突然拼足力气大声发泄道，你这条老光棍，我的一个儿子不见了，你又要来栽赃我的另一个儿子，你存心要我死在阙越前头！妈妈挣扎着要爬起来和阙新闻拼命，阙新闻夺路而逃。

我告诉阙新闻，我可以告诉你枪在谁的手上，但得有一个条件。

阙新闻等待我开出的条件。

约过了一个时辰，我才给心急如焚的阙新闻开出一条他无法拒绝的条件：等阙越死后，你娶淑媛。

在我眼里，阙新闻是一个好人，至少比我爸可靠得多。

阙新闻跑到阙元家门口外的甘蔗地里，却不敢贸然走进阙元家的庭院。阙元也不出门。阙新闻守在门外，从早晨到太阳落山一直不敢靠近。我不知道他究竟害怕什么。

傍晚，广播喇叭又准时响了。县广播电台开始广播。这是全村人听广播的时间，阙新闻也侧耳倾听。湖北女人甜美的声音塞满了每一个人的耳朵。

阙越房间的窗户突然推开了，好让广播的声音顺畅、完整和原汁原味地传进房间里去。

除了阙越，米庄没有谁见过湖北女人。但并不妨碍他们对湖北女人的想象和描绘。有人说她长得像一只猫，也有人说她像一条蛇，有人说她长得像一只母猴，还有人说她长得像一头奶牛，唯独没有说她长得像一个女人。只有阙新闻力排众议地说过，湖北女人长得就像淑媛，美得像洪水，男人就是那石拱桥。阙新闻的比喻大而不当，激怒了我妈妈。那天，我妈妈说，阙新闻就是一坨屎，当初去县城接我爸爸不叫上他，就因为他是一坨屎！妈妈的话里有软刀子。阙新闻不堪其辱，跟我病榻上的妈妈争辩，说如果当时他不在水里为我爸他们死死稳住浮桥，阙越就过不了河，我爸他们就拿不到那堆钱——现在倒好，过河拆桥，忘恩负义。

“说话不讲良心，你都能上广播了！”阙越冤屈地说，并一再要求我妈妈收回“一坨屎”的说法，但我妈妈断然拒绝，而且对湖北女人，她罕见地用尖刻的语词作了评价：就一个婊子！

这个评价让阙新闻左右为难，他不知道应不应该为湖北女人辩护，也不知道是不是一个圈套，想了想，对我妈妈说，你儿子跟我说了，等阙越死后，让我娶淑媛，你这个儿子比另一个懂事多了。

妈妈也想了想，终于同意收回刚才的话，说，既然如此，你不应该是一坨屎，那就不是。阙新闻满意了，再想说什么，我妈已经转过脸去，不再跟他说话，但他听到我妈如释重负地舒了一口气。

“婊子！”广播里湖北女人的节目刚结束，便传来阙越一声恶骂，把阙新闻吓得一跳，一屁股坐到了甘蔗地上。一个将死的人声音竟然还能如此响亮！

“把广播关了！”阙越吼道。他不要听到别的人的广播。淑媛将广播的线扯断，广播就不响了。远处的广播声音传过来，阙越不耐烦："你怎么不把它们也关掉？"

淑媛温顺地安慰阙越："我叫阙元去关"。

淑媛在屋子里对外面喊："阙元，你爸让你去把所有的广播都关了，你去了吗？"

阙元在窗口的屋檐下蹲着，不好气地回答说，知道了，我马上就去。但他一动不动。

我走到了阙新闻的身边。阙新闻示意我不要发出声响。我就坐在地上，跟随阙新闻的目光，盯着阙越房间的窗口。

"婊子！"阙越又骂道。淑媛以为他是骂湖北女人。

"我骂的是你！我就要死了，你还装模作样！"阙越用短促的声音诅咒淑媛，"你也不得好死！"

淑媛并不生气，耐心地劝慰着阙越。但阙越咒骂得越来越恶毒，连阙新闻都听不进去了。一个男人骂人怎么能骂得那么恶毒呢？

阙新闻要进去质问阙越的冲动，但一想到不必跟一个将死的人计较，也就算了，要紧的是，得要回那支枪。

阙越咒骂的声音越来越严厉，越来越急促。这个人一辈子靠声音吃饭，直到将死了仍可以用声音杀人！

淑媛终于忍不住了，从房间里跑出来，蹲在院子的角落里呜呜地哭。哭声很低，悲伤却排山倒海。

阙新闻看不下去，刚要离开，却看到了枪。他的枪。在阙元手里。

阙元端着枪从柴房里出来，沿着屋檐，转过屋角，气呼呼地走进阙越的房间。

阙新闻意识到了什么，连滚带爬地闯入院子。淑媛愕然，不明白发生了什么。但一声巨大的枪响，把她震倒在地上。

我本来要跟随阙新闻去看究竟，但双腿软绵绵的，无论如何挣扎也直不起，一股浓郁的火药味扑面而来，把我呛着了。我狠狠地打完一个喷嚏，一切便安静下来，再也听不到阙越的咒骂。

没有阙越的声音，这个世界也许从此真的安静了。

淑媛离开米庄的前一天，我爸爸兴冲冲地从南面回来，眉飞色舞地向村里的人描述米河究竟有多长，一共要拐经多少个弯、多少个滩，一共有多少座桥，其中有多少座石拱；我爸爸因看到了大海激动得如山洪暴发，在他的眼里，南海就好比雨后的苍天，宽阔得让人心慌。“米河即使到了南海，它还是米河。南海有千千万万条米河，横七竖八地流着……”爸爸描述了南行看到的形形色色光怪陆离的奇闻怪事，唯独没有提到哥哥。

爸爸回到米庄的第二天傍晚，从高州来了一个身材魁梧的男人，骑着单车，骑得很快，从我家院落外经过时，他招呼了一声我爸。我爸没听清楚，又不认识他，也就没回应。但我爸惊讶地发现，这个男人的声音怎么那么难听呀，阴沉、浑浊，口齿不清，瓮声瓮气，像猫头鹰的喊叫。还没有等我爸反应过来，那男人带着淑媛和阙元从我家院落外经过，往村外走。淑媛向我爸笑了笑，像平常那样谦和、得体，甚至有点妩媚。我爸追上去想弄明白究竟发生了什么事情，但看到阙新闻早已经精神恍惚躲在路口的樟树后，一副惘然之相，我爸也就装作若无其事的样子，远远地对着那男人鄙夷地说了一句：

“长得像一辆吉普车，除了走路快还能有什么能耐！”

那男人孔武有力，蹬车蹬得很踏实、自如。阙元坐在那男人的单车前架上，目光呆滞，对我视而不见。淑媛坐在单车后架上，身子轻轻偎依在那男人的背上，双手搂着他的腰部，脸贴到了他的臀部。看样子，他不是阙元的舅舅，也不是其他什么亲戚。那男人来的时候不需要问路，走的时候不需要抬头看路，对米庄似乎很熟悉。村里有人突然想起来了，早几年前，那男人便来过米庄。那时候他还穿着笔挺的军装，像一个刚刚从前线凯旋的英雄战士，帽子上闪闪发光的徽章像灯泡把米庄都照亮了。那时候的广播里经常军歌嘹亮，仿佛都是为他而唱。

“婊子！”

那男人骑车过了石拱桥，转几个弯就消失在我们的视野中，我爸当着三五个极目远眺的人暗暗地骂道。他以为别人听不见，但几个女人听得一清二楚，都以为是骂她们了，转过身来质问我爸。众怒难犯，有口难辩，我爸慌里慌张地躲闪进了昏暗的屋子。

屋子里，妈妈到了弥留之际，奄奄一息了，连白天黑夜都已经分不清楚，窗外的事情，早已漠不关心，也无暇顾及。对她而言，世界已经变得恬静、安详，了无牵挂。但外面的喧闹还是惊动了她。爸爸虚掩上门，点亮了灯。

“是你哥回来了吗？”迷糊的妈妈问道。

我躲在爸爸的身后，故作欣喜地回答：“是的！”

推销员

我刚钻进被窝里午休，忽然有人敲门。开始敲得较轻，我以为是风吹。后来敲得声音越来越大，越来越急促。我很不耐烦，而且有些生气了。我起来去开门。

是一个陌生的小青年。蓬乱的头发，瘦削的脸颊，穿一件单薄的黑色夹克，在寒风中瑟缩着。

“有事吗?”我警惕地开着半扇门，随时准备猛然关上。

“我是推销员。”小青年双手放到嘴巴呵了口气说。

“我不需要任何东西。”我要把门关上。但他用身子将门顶着不让我关。

“等等，请你先看看这个……帮帮忙。”小青年忙乱地从挎包里掏出一本书递到我的面前，谦卑而对我笑了笑，“诗歌，生活需要诗歌。”

我放松了警惕，把门开得更大。拿过书，看了一眼封面，是一本诗集，名《掩面而泣》。然后随便翻了一下，全是分行的文字。粗略看了几行，显得有些矫情。

我把诗集还给小青年说，是你写的?小青年摇摇头说，不是，是我们公司的老板写的。你公司老板是一个诗人？我惊讶地说。小青年呵呵地笑，你就买一本吧，不贵，就一包中南海的钱。他从口袋里取出一包皱巴巴的中南海烟，递一支给我，很自信地说这是北京中南海产的，国家领导人也抽这牌子的烟。我暗笑，摇摇头拒绝了他的烟。他自个想抽一根，但犹豫了一下，又把烟插进烟盒，把烟盒塞回口袋。我说，我不读诗歌，我很少读书，几乎不读书了。其实我喜欢读书，只是宁愿读一堆塞在门缝的恶俗小广告，也不愿意读一行不知所云的现代诗。诗歌早已经跟我的生活没有关系了，但对诗坛的混乱也略有所闻。我不喜欢诗人。小青年说，其他书我不敢说，这本诗集值得你一读，真的，不骗你，我公司的人都说写得好，写得太好了，肯定是中国最好的诗歌。我说，你读过吗？小青年说，我……我读不懂。你们是什么公司？我问。小青年说，荷……尔……德……林房地产开发有限公司，你住的这个楼盘就是我们公司开发的，还有银河花园、莱茵河畔、罗马国际、地中海……

他扳着手指头报告楼盘的名称，我打断他：那你在公司是干什么的？

我是新来的员工……不过，还在试用期。老板说了，如果我能够让祥瑞楼每家每户都买他的一本诗集，就正式录用我。小青年那副老实质朴的样子，容易让人相信他说的是真的。

我仔细端详了这本装帧印刷精美的诗集。作者：隋正义。

价格：19.98 元。

祥瑞楼从一楼到顶层，一共 24 层 48 户住户，我已经推销 46 册，23 层以下每户住户都买了一册。小青年从挎包里取得一本登记册，向我逐一展示下面 46 户住户的签名。

“我们公司老板很严格，绝对不能弄虚作假。”小青年态度也很认真。

“你们公司老板是一个诗人，这也没有什么。”我说，“但他不应该把房子卖得那么贵。”

“两码事……诗歌和房价是两码事。”小青年一本正经地说，“我们新员工都必须经过推销诗集的考核。推销任务不完成，说明没有能耐，没有能耐就没有资格到公司上班，我老板说了，什么时候完成任务，什么时候正式上班。这是一道门槛。现在就差你们第 24 层的两个住户了。”

“几乎是不可能完成的任务……但你差不多完成了。”我由衷赞赏他。这个时代还有谁愿意掏腰包买一本诗集？不是舍不得花钱，而是根本不需要，正如谁会无缘无故买一块狗皮膏药贴在自己的脸上。

“我老板说，每一个员工都必须具备向爱摩……斯基人推销冰箱的能耐——推销诗集比推销冰箱容易得多了。大多数住户都理解我们新员工，住得起祥瑞楼的人都是讲人情明事理的人。我的一只脚都已经踏进公司的门槛里去了，你不会让我的另一只脚永远留在外头吧？”小青年很认真地看着我，眼神里又带着乞求。看得出来，他迫切希望尽快完成任务，成为公司的一名正式员工，从此过上体面的生活。

我也不是不讲人情不明事理的人。一个涉世不深、对未来充满想象的小青年到这个城市里混生活不容易。为了成全他，我愿意买一块狗皮膏药贴在墙上。

“先生，我看你也是一个知识分子……你们知识分子最难缠，12 楼的住户是一个大学老教授，死活不愿意买这本诗集，严严实实是一个钉子户。他说我老板的诗写得狗屁不通，就一堆文字垃圾。他怎么说话呀，即使是写得狗屁不通，好歹也是一本书呀，他书房里有那么多的书，增加一本诗集就像往水缸里滴一滴水，就像在一千万元钞票中掺杂一张假币，一点也不影响。可是他说，我老板的书不够资格上他的书架——他怎么那么尖酸刻薄呀，我觉得我们老板的诗集比他书架上所有的书都漂亮。”小青年憨态可掬，同时也露出了得意之色，“但是，凡事都可以商量……我们老板说推销员要学会死皮赖脸、死缠烂磨，我每天都来帮老教授收拾乱蓬蓬的废纸堆，整理破破烂烂的旧图书，听他没完没了讲书本上的东西，我什么也没听懂，但我装出听懂了的样子，他很高兴，三天后终于掏 20 块钱买了一本诗集，在登记表上签上了自己的名字：赵鹏举。老家伙不缺 20 块钱，只是瞧不起我们老板，瞧不起诗歌。你们知识分子的心理，我也略懂一二。”

我刚想掏腰包，却又犹豫了。

“你懂什么？你对知识分子懂多少？”我没好气地说。

小青年愣头愣脑的，但反应蛮快，马上转为笑嘻嘻地说：

“不全懂，不全懂……”

我说，人家老教授说得对，不是什么样的书都可以随随便便上他的书架的，就像你们——我们乡下说的，鸡不能钻进凤凰窝。

小青年说，这个道理我懂了。瞧瞧四下没人，将嘴巴凑到我跟前悄声说，如果不喜欢读我们老板的书，你们可以一转身就将它扔到垃圾桶，没关系的。

我故作生气，斥责道，读书人怎么可能将书扔到垃圾桶里去呢！

小青年知道说错了话，赶紧改口说，对，你说得对，是我理解错了——看得出来，你是一个爽快的人，买一本吧。

我故意犹豫不决。我是想让他今后说话注意一点，对知识分子有足够的尊重。

他看到我不爽快，脸上露出了失望、焦虑、不耐烦之色。

“这样吧，诗集你可以不买，20 块钱我替你垫了，你只需在登记表上签上姓名，说明你已经买过了书。这个忙，你总应该帮吧。”小青年说，“当然，你也可以像老教授那样顽固，知识分子……”

我真要生气了。但小青年突然可怜兮兮地说，我真的很需要这份工作，我爸爸撑不到春节了……你看你，住那么好的房子，什么都不缺了，就缺诗歌——你买一本吧。

我心一软，叹了一声，转身取了 40 块钱给他：“这样吧，我要两本，替对面住户也买了，省得你去骚扰人家。”

但小青年只收20元，给了我一本诗集。

“你不能替别人买的，如果可以，我早就完成任务了。”小青年说，“做推销这一行，得讲诚信，还得有耐心。”他是对的。是我错了。

我在登记表上规规矩矩地签上了名。小青年对我千恩万谢，转身去敲对面住户的门。我关上门回去午休。

可是，我刚躺下，就被一声断喝惊吓得跳起来。是对面住户发出的怒吼。

我悄悄地打开一道门缝，看到小青年面对一个暴怒的中年女人胆战心惊的、唯唯诺诺的样子。

“你已经敲了一整天了！”女人穿着厚厚的白色羊毛睡衣，从脖子一直包裹到脚，只露出她长长的臃肿的脸。

我搬进来有大半年了，还是第一次看见对面的住户。

小青年不断地道歉：“对不起，我不知道你午休那么早……我应该早一点来的！”

“你来要干什么！你是怎么进祥瑞楼的？”中年女人警惕地让小青年退后一些。

“我是……推销员。”小青年说，“我正在工作。”

“推销什么？现在什么世道，竟然到高档住宅上门推销了，物业是干什么的，我给物业打电话，把你轰出去。”中年女人咆哮如雷，把我都惊呆了。她发那么大的火，在我看来，只有两种可能，第一种可能是她刚睡着就被吵醒，第二种可能是做爱做到了一半被迫中断。但无论哪种可能，她的反应都有些过了。

小青年小心翼翼地递上一本书："我不是推销保健品的，我是推销诗集的。"在他看来，推销诗集要比推销保健品理由更正当一些。

中年妇人愣住了，你说什么？推销诗……集？

小青年说，是的，生活需要诗歌，屋子里摆上一本诗集，整个家就有了诗意，我老板说了，有诗意的地方更适合安居乐业——你的房子什么都有了，就只缺一本诗集。

中年女人拿过诗集摔到地上，诗集滚了几下，在我的门口躺了下来，"太过分了，为了一本破诗集敲了我一整天的门！你不许再敲我的门！"

门啪一声关上了。小青年满脸挫败感，呆头呆脑地站了一会，低头捡诗集的时候看到了门缝里的我。

他羞赧地朝我笑了笑。我无话可说，只是向他耸耸肩。

"你能替我说说话吗？给她讲讲道理。"

我摇摇头。因为我不会无缘无故跟一个不认识的人讲道理。

小青年很沮丧，把诗集放回挎包里，摁了电梯。我把门关上。

第二天傍晚，在楼下被踢翻的垃圾桶里，我看到了两本《掩面而泣》躺在那些花花绿绿的小广告上面，想伸手去取出来，但敏锐在发现诗集封面上有痰，我迅速把手缩回来并暗自庆幸。回家，刚走出电梯，我便看见小青年坐在楼梯口的台阶上靠着墙壁打盹。

“先生，你回来啦？”他很机警，马上站了起来，习惯性地往口袋里摸出那包皱巴巴的中南海，但很快醒悟，又把它放回去。

我向他点点头。他穿得依然很单薄，嘴唇被冻成了紫黑色。

“就差她这一户了。”小青年说，“如果她签上名，下周我就可以正式上班了。”

我说，你继续敲她的门，精诚所至，金石为开，但敲门要轻一点。

小青年说，敲过了，没人，她还没有回来——我等了一整天了。

那你再等等。我进屋去了。大约过了十分钟，屋外面有了动静。我听到了女人的声音。

“你怎么又来啦？”

“这是我的工作……你帮帮我，小事一桩，举手之劳。”

“我为什么要帮你的忙？”

“大家都帮了，就差你了。”

“大家都帮，我就应该帮你了？如果大家都死了，我是不是也要跟着他们死呀？”

“跟死没有关系，只是一本诗集……你就当它是一坨屎……”

“我为什么要花钱往家里买一坨屎？”

“我的比喻不恰当，你可以当它是一块垫子、包装纸……每次吃饭的时候，你还可以撕一页安放吐出来骨头，然后把骨头包起来放进垃圾袋。”

“别烦我，我不要什么诗集。你说是谁写的？隋正义？妈的一个混蛋，连自己的名字还写不端正，写什么诗！”

“你不能骂我们隋董事长。”

“我怎么不能骂他？全世界的房子就数他的最贵，一个车位也要我们二十万。他凭什么！我看他就是一坨屎。”

“我们董事长做过很多很多慈善……”

门开了，旋即又关上了。

敲门声又响了。我开了门。小青年犹豫着敲对面的门，动作很轻，轻得像是在抚摸。我示意他继续敲。

中年女人打开门，怒斥：“我说过不买，你还想干什么！”

小青年说，我不需要你买诗集了，请你帮我签一个名，证实你已经买过了就行……帮帮忙，就差你了。

小青年拿着登记册翻给中年女人看谁谁签过名了。中年女人说，我为什么要签名？我能随便签名的吗？

小青年转身指了指我对中年女人说，对面的先生也已经签过了。

我点点头。中年女人瞟了我一眼，对小青年说，他管不了我，我不签，你不要再敲我的门了。

我忍不住对中年女人说了一句，你就签给他吧，他应聘工作需要你的签名，祥瑞楼就只差你一户了，年轻人不容易，能帮就帮个忙……

中年女人有些不高兴，轻蔑地看了我一眼说，我不能凭你一句话就签名——我并不认识你。

我心里很不舒服，要来气了，但忍住了，对小青年说，要不，你给她叩头吧。

小青年愣了一下，似乎真想叩。

你叩头也没有用。我有我的原则，不吃这一套。

我自讨没趣，把门关上。为了消气，从饭桌底下取出那本诗集，仔细读了几首。每一首诗都很短，像警句。

比如：

春天，一只鸟停在窗台
向我控诉冬天有多坏

又如：

大海都已经平静
为什么我的心里依然波动汹涌

再如：

世界那么邪恶，而你那么善良
我朝你高高举起的屠刀

一忍再忍

我觉得这些诗句很好玩，忍不住又读了几首，一肚子的气果然消了。诗歌还是有用的。是我误解了诗歌。我不认识隋正义，他应该不是一个邪恶的人，相反，还有几分善良和意趣。诗集的勒口上有他简短的简介，上面毫不讳言他只有小学的文化程度，在搞房地产生意之前只做过一项工作，就是当了三十年的推销员，什么东西都推销过。本来我不愿意跟房地产商打交道，但会写诗的房地产商让我好奇。我有了认识他的冲动，但瞬间又打消了这个念头。

我出差了三四天。回来的时候，又看到了小青年坐在楼梯口的台阶上，寒风将他的头发吹乱了。他抬眼看了我一眼，没有哼声。

我说，这几天你都在等她？

小青年郁郁寡欢，耷拉着头，抱着挎包，还是没有吭声。

她不在家？我指了指那扇冰冷的门。

小青年吱了一声：在，一家人都在。

她仍然不愿意给你签名？

小青年的头轻轻地摇了一下。

大年夜快到了，你先回家去，过了春节再来吧。我说。明天，最迟后天，我也要回长沙跟亲人团聚了。

小青年不回答。

我说，外头冷，到我屋里坐坐吧，我给你煮碗面暖暖身子。

小青年伸了伸腰，半个身子要起来了，但又坐了下去。

我开了门，三番两次去拉他进我屋里去。但他不肯。我再拉他的时候，他眼里已经满眶泪水。

“我爸快不成了。”他说。

“那你不快点回去看你爸？”

他坚决地摇摇头。

我进屋去了。把行李安放好，然后进厨房。

面条还没有煮好，外面突然传来激烈的打闹声。我赶紧出门看。

楼道里一下子涌出四五个人。是从对面房子里出来的，四个男人，一老，一个中年，两个个头较高的青年。中年女人站在门口恶狠狠地骂。两个青年揪住小青年拳打脚踢。小青年退到墙角负隅顽抗，用微不足道的力量予以还击。那中年男人似乎怕两个青年吃亏，迅速加入了打斗，隔着两个青年挥拳打向往小青年的头。那老男人颤颤巍巍站地门里，因为惊恐不断咳嗽。中年女人指挥着三个男人战斗。小青年满脸是血，很快失去还击和自卫之力。

我大喝一声：“你们干什么！”

三人停止打人。小青年倒在墙角里，抱着头蜷缩成一团。中年女人说，这个小无赖天天骚扰我们，辱骂我们，还先动手打了我，你看看我的脖子，我一开门他就像疯狗一样扑过来抓了我一把，都出血了，我满身是血！

她生怕我看不见，走到我的面前让我看。我看到了她的脖子上确实有一道明亮的伤痕。

“我没有冤枉他吧？他咎由自取，自作自受，我倒是被他枉打了，我要报警！”因为激愤，中年女人臃肿的脸像便盘一样扭曲。她掏出手机，拨打电话。

我说，他只是一个推销诗集的孩子……

三个打人的男人不怀好意地看着我。中年男人说，那你是不是觉得我们打错人了？是我们错了？

我没有回答他的话。我过去要把那孩子扶起来，但他拒绝了我。依然蜷缩着，浑身发抖。他的手和头多处受伤，虽然是皮外伤，但足以让人感觉到痛心。

中年女人没有打通电话，对着小青年说，本来要让你坐牢的，但想想算了，算是便宜你……

其中一个青年走近小青年狠狠地踢了一脚他的屁股，厉声警告：“你再敢骚扰我妈，我打死你！”

门内那老年男人发出一声惊叫。中年女人赶紧回去，温顺地劝慰他，爸，不管他们，外面冷……

打人的都回屋里去了。楼道里迅速恢复了宁静，仿佛什么也没有发生过。

我回到厨房里，面条已经煮熟透。我盛了满满一碗出来，却没有了小青年的踪影。地上除了零星的血迹，再也没有发生过激烈打斗的证据。

第二天，没见到小青年。第三天，我便回长沙过春节。

春节很快就过去了。在这个春节里，我给不认识的隋正义写了一封信，希望能正式录用负责祥瑞楼推销诗集的那个小青年，我保证他会成为一个好员工。回来后，我做的第一件事就是从一楼开始，挨门逐户地找户主在信上签名，结果只用了不到半天工夫便征集到了除了我家对面户主外的祥瑞楼户主的签名。在我准备把信给隋正义送去的前一天傍晚，我家响起了毫无规则的敲门声。

我打开门。也是一个中年女人。很矮小，毛发稀少，鼻子扁扁的，左脸上有一块醒目的褐色硬痂；穿着厚厚的土棉布衫，衣服很旧，但蛮干净。也许年纪并不特别大，但看上去显得憔悴、苍老，身体里似乎已经没有一丁点力气。

她肯定是一个来自乡下的村妇。城里没有人这样穿着打扮了。

“我是卢远志的妈妈。”村妇满脸歉意，但很淡定。肩上挂着一个挎包。我认得出来，那是装诗集的灰色帆布挎包，也很干净。

“我是替我儿子推销诗集的。”村妇说话很得体，不卑不亢。

村女从挎包里取出一本诗集递到我的面前。我客气地笑着说，我已经买过你孩子的诗集了。

“他说祥瑞楼第24楼还有一户不愿意购买。不是你吗？”村妇有点不相信我的话。

我指了指对面说，是那户没有买。

村妇愧疚地说，是我记错了，电梯口的右边，楼梯口的左边——我是爬楼梯上来的，你的对面才是左边……打扰你了。她转身去敲对面的门。好一会，门才开。又是那中年女人。她的门上张贴着红艳艳的“福”字，门两侧挂上了喜庆的对联。春天已经来了，站在她的家门口便能感觉到春意盎然。

“我是卢远志的妈妈。”村妇把诗集递到中年女人的面前说，“我是替我儿子推销诗集的。”

中年女人吃了一惊，很快便明白了，脸上迅速露出了警惕和不耐烦的神色，“我跟你儿子说过多少遍了，我不需要诗集。你怎么代替你儿子来烦扰我了？”

村妇挺了挺腰身，不愠不火地说：“我儿子不在了。我儿子生前说过……就只差一户了。”

一阵风刮过，我心里一阵紧缩。

“他死了？”中年女人脸色大变，脸上有惶恐。她的脸比年前更加臃肿，让人担心多余的肉随时掉下来。

“死了。死在他爸前头。”村妇平静地说，“两父子凑到了一块。”

看不出村妇的脸上有悲伤，仿佛不应该有悲伤似的。我心里很慌乱。

面对个头比自己矮一半的村妇，中年女人终于低下了傲慢的头颅。

“村里的人都看过这本书，都说值二十块。孩子他爸虽然不认识字，但也说值。你们为什么就说不值呢？”村妇叹息道。

中年女人惘然不知所措，突然扑通一声跪下来。

“我不是故意的。我……我错了！”

“跟你们没有关系。我不怪你们。”村妇说。

中年女人还是惶恐不安。她没有穿那件厚厚的白色羊毛睡衣，身子在剧烈颤抖。

村妇把诗集放到中年女人的身旁：“我替我儿子送这本书给你，不收钱。”然后从容地转身往楼梯口走去。

中年女人站起来，飞快地从口袋里摸出 20 块钱，手里扬着钞票追上去说：“我签！我给他签名。”

村妇迟疑了一会，但最终没有转身，只是淡淡地说，不用了。

一切都如此措手不及。我不知道应该说点什么，我想问村妇一个问题：“你儿子是怎么死的”，但说出来的却是：“你可以乘电梯走。”

村妇走到了楼梯转角，依然没有回头，她回答我的声音依然很平静：“不用了……我不能白白耗费你们的电。”

村妇不紧不慢，一步一步地往楼下走。很快我便看不到她的身影。

当把目光从村妇身上收回来时，我才发现中年女人原来和我肩并肩地站在楼梯口往下张望。我们的目光瞬间对视了一下便随即分开。

她把诗集捡起，迅速把门关上。

我也只好把门关上。

王孝廉的第六种死法

王孝廉原来是我们的好兄弟，至少是核心同伙，也许将来是领头大哥。可是现在什么都不是了，他被我们秘密定为内奸、叛徒、家贼、卖帮分子，如果帮内有法庭，马上就可以宣判他死刑并立即执行。可是，我们帮内没有法庭。政府有法庭，只是我们不敢麻烦政府。然而我们并非一点办法也没有。因为我们有帮规。我们决定按帮规行事。

王孝廉败露的经过是这样。3 月 12 日，我们的耳目洪宝无意中看见王孝廉在惠江边四海茶庄二楼跟两个警察喝了整整一个下午的茶。茶庄上下楼都是敞开的，只有古色古香的围栏和五颜六色的盆景。王孝廉面向江水，看着江面上那条挖沙船，两个警察分坐两边，表情诡异，神秘莫测。开始时王孝廉有些拘谨和顾虑，试探警察的可信度，后来变得越来越轻松，和警察时而悄悄耳语，时而谈笑风生，像生意场上的拍档一样，甚至像久别相逢的朋友，看样子他们之间达成了协议或默契。离开的时候，跟警察大摇大摆走开不同，王孝廉从茶楼的员工楼梯偷偷摸摸地走的。第二天早上，王孝廉若无其事地在我们的面前走来走去，还眉飞色舞地向我们撒谎说昨天和他的情人孙惠芳做了一个下午的爱，结果两个人都累垮了，连晚饭也没有力气爬起来吃。我们没有当面揭穿王孝廉，他也没有意识到自己已经被我们察觉和怀疑。但我们断言王孝廉成了叛徒或警方卧底，可能会作为警方的污点证人出现在法庭之上。如果这样，我们都会栽在他的手里，重者会判死刑，轻者也会在牢狱里度过余生。我们的头目、领头大哥陈志雄曾在狱里待过五年，再也不愿意回到那里去了，更不愿意因此被推上刑场。警察盯我们好久了，但一直找不到我们的犯罪证据，他们也就一直无从下手。而今，想不到他们从王孝廉身上寻找到了突破口。千里之堤溃于蚁穴。因此我们坐立不安，几个核心成员闭门商讨了半天，宁愿错杀一人，也不能被一窝端，最后决定忍痛干掉王孝廉，越快越好，越干净越好。但王孝廉在帮内耳目众多，又生性多疑，还心狠手辣，要除掉他不容易，要格外小心，行动一定要周密，万无一失，不容有半点差池。如果打草惊蛇，帮内将血流成河。陈志雄让我先做好方案。我被他们认为是这个团伙中间最足智多谋思维缜密的人，对此我深感荣幸。

“方案是行动的指南，成败全在你的手上。”陈志雄说。

陈志雄更是一个心狠手辣谨小慎微的人，凡事深思熟虑，决不会做过于冒险的事情。因此，他让我做干掉王孝廉的五套方案，做得越详细越严密越好，一定要像爱因斯坦的理论那样天衣无缝，是颠扑不破的真理。

事关重大，生死攸关。在往下的五天时间里，我苦思苦想，反复推敲，几经增删，做了《关于干掉王孝廉的五套方案》（以下简称“方案”）：

方案一：

时间：3月18日，王孝廉的情人孙惠芳生日，吉日，利于杀人者。

（说明：王孝廉出身低贱，父母都是残疾人，靠编芒竹编为生，王孝廉向以此自卑，加入我们后才过上了体面的生活，把父母安顿到养老院去，还娶了一个护士为妻。为了炫耀今非昔比，他包养了丽都夜总会的歌手孙惠芳。王孝廉对朋友向来是个吝惜鬼，但对孙惠芳却慷慨大方，每年她的生日是他们的盛大节日。他会请我们赴宴。在宴会上取其性命。）

地点：丽都夜总会曼谷厢。

（说明：丽都鱼龙混杂，三教九流充斥其中，每年都发生多起血案，警方束手无策，破案率不到30%，两年前著名的王国恩被杀事件至今未破。丽都却是我们活动中心，在此的重大交易从没失手，是福地也。）

方式：在曼谷包厢内乘其不备，莫大、歪鼻、孙刚扑杀之。

（说明：王孝廉身材魁梧，身手不凡，且枪不离身，近日警惕性更高，我们不能轻易下手，但上述三人高大勇猛，力大无穷，做事干脆利落，为人忠心耿耿，犯事后伪

装现场和脱逃经验丰富。我们准备勒死王孝廉的绳索三根，麻袋一只，微型卡车一辆）

善后：干掉王孝廉后，将其装进麻袋，从窗口扔到卡车上去，当晚即将他拉到荒山野岭上埋掉。孙惠芳不见王孝廉必定起疑，我们佯装不知，四处寻找。数日后，宣布王孝廉无故失踪。

优点：此方案时间选择上好，能掩人耳目，能麻痹大意王孝廉。

缺点：当晚来人中有不少是王孝廉的耳目，我们的行动容易引起觉察。

风险指数：3

方案二：

时间：4月1日，愚人节，忌婚嫁，宜杀人。

（说明：王孝廉喜欢过洋节，去年的愚人节他给我们每一个人打电话说，他已经到了美国，在纽约街头看妓女赤裸示威游行，要求克林顿政府同意她们进入白宫提供性服务。我们很羡慕他，劝他不要回来了，自由了，美国的警察不会管他过去犯的错事。我们还真诚地问他是通过什么渠道出境的，因为我们每一个人背后都劣迹累累，都想远走高飞。结果晚上我们在西街口的素雅发廊看到他正跟一个贵州老女人调情，我们冲上去把他“揍”了一顿。后天就是愚人节了，我们可以其人之道还治其人之身，趁他麻痹大意和真假难辨之际干掉他。白天、晚上都可以，全天候，请君入瓮，稀里糊涂将其诱杀。）

地点：红海酒楼。

（说明：这是我们自己的酒楼。清雅，安静，富有英伦风情。关键是安全。）

方式：乱刀砍死。请老大陈志雄亲自打电话告诉王孝廉。王最崇拜的美国女影星K到鹿城对她的新片《假日杀手》进行宣传，我们公司将于当晚在红海酒楼宴请K，让王孝廉过来见面。王来到酒楼后，埋伏在此的刀手一跃而出，将其乱刀砍死。（说明：K胸大无比，性感得像一只在雪地里发情的母鹿，曾经在纽约红灯区当过妓女，从影后绯闻不断，听说愿意跟各色人等上床，只要出得起价钱——王孝廉曾信誓旦旦地说过，愿意倾家荡产和K共度良宵，哪怕是短短的两个小时。）

善后：将王孝廉尸首装进麻袋，然后将之扔到酒楼的垃圾车运到垃圾处理厂，当晚即随酒店的垃圾一起焚烧成灰烬（说明：垃圾处理厂当晚值班焚烧员是我们的人，做这种事情他又不是第一次），化作一缕青烟，了无痕迹。数日后，宣布王孝廉无故失踪。给其妻一笔安家费，其妻早已经恨王孝廉不早死，断不会穷追不舍。

优点：善后处理简单易行，安全可靠。

缺点：王孝廉会相信K来鹿城吗？

风险指点：4

方案三：

时间：4月2日，云南兄弟送货到鹿城，喜日，忌造灶，宜杀人。

地点：假日国际酒店。云南兄弟喜欢这个酒店，而且喜欢住在最高层，有君临天下之幻觉。酒店后面是坚硬的石头山，行人稀少，曲径通幽。

方式：借刀杀人。云南兄弟每次到鹿城，我们都要尽欢一场。云南兄弟喜欢狎妓，都是由王孝廉一手安排，且陪同他们癫狂。王孝廉从妓女身上下来，总要倒头大睡，此时他累得全身瘫软，毫无防范。重金恳请云南兄弟将其捂死，从酒店顶层窗口抛尸后山。王孝廉必血肉横飞。

善后：由警方和其家属忙去吧。

优点：警方疑王孝廉跳楼自杀身亡，即使怀疑他杀，也找不到凶手，因为云南兄弟持假身份证行走江湖，行踪飘忽，机敏善逃，且多起命案在身，多杀一人又何妨？关键是他的性格是视己命亦如草芥，视死如归，随时果断而死，断不会出卖朋友，宁愿自己杀死自己也不会落到警方手上。比较可靠。

缺点：一是云南兄弟和王孝廉多次狎妓，一向称兄道弟，恐怕有了一定情谊，会不会下不了手？二是事成后要支付他数目惊人的银两。

风险指数：5

方案四：

时间：4月3日，凶日，忌远行，宜杀人。这天，可安排王孝廉送货去广州，安排兄弟们在路上狙杀王孝廉。

地点：京广高速公路衡阳段。

方式：制造车祸。让飙车高手马爱鞍驾驶三菱越野车（假牌照）尾随王孝廉，在衡阳路段撞击王的北京现代，制造一起严重车祸。马爱鞍逃逸。王超在衡阳城接应，然后逃往太原隐匿，待风平浪静后返回。

优点：交通事故而已，警方不会往谋杀上想。即使王孝廉大难不死，也会弃车逃跑。因为车上有毒品。他还以为是广州方面黑吃黑。嫁祸于人。

缺点：成败取决于马爱鞍一人的车技、决心和逃逸经验。

风险指数：5

方案五：

时间：4月6日，成日，忌开业，宜杀人。这天是洪三的忌日，按惯例，我们在惠江的船上拜祭他。洪三原是我们的头目，三年前在与另一帮派的火拼中殉难。在这种神圣的时刻，我们可以理直气壮地清理门户，可乘王孝廉不备将他制服，逼他供出与警方勾结的事实，然后干掉他，杀鸡儆猴，让弟兄们明白，我们身上都有警方不肯放过的劣迹，为了平安无事，必须同舟共济，宁死也不出卖兄弟。

地点：惠江船上。

方式：先绑后杀，沉尸江底。

优点：江面杀人，尸沉江底，神鬼不知。

缺点：在场的弟兄们太多，不敢肯定他们当中不会出现第二个王孝廉。

风险指数：6

我把五套方案具体细化，周详严密，力求做到滴水不漏，梦中醒来，查补纰漏，反复推敲，尽量做到完美无缺，无懈可击。可是，第二天一大早，在我去找陈志雄递交方案的路上碰到了王孝廉。他把我拦在了路中间，眼巴巴地盯着我手中牛皮信封里的绝密文件。

“听说你们要干掉我。”王孝廉幽幽地说。他人高马大，像一座水塔，他的影子也能把我压垮。

我暗吃一惊，但马上镇静下来说，没有，你又没做对不起弟兄的事情，我们为什么要杀了你呢？再说，你是我们帮中的中流砥柱，弟兄们都敬仰信服你，昨天我们还称赞上个月教训宋世仁那事你干得漂亮，其作用至少可使我们团队稳定十年。

王孝廉对我的阿谀奉承嗤之以鼻，点了一根烟：你抽吗？

我犹豫了一下，就来一根吧。于是王孝廉给我点了一根烟。我们之间很快烟雾弥漫，几乎要遮掩了双方的脸。我们站在电影院门前的垃圾堆旁，头顶上是破烂的陈年电影海报，被风吹得啦啦直响。大街上空无一人，我们两人显得孤孤单单。

“你们在怀疑我。”王孝廉吐着烟圈，神态自若。

没有。我说。我们好好的，怎么会随便怀疑一个弟兄呢？

“如果我没有猜错的话，你手上拿的是干掉我的方案。”王孝廉若无其事地往空中吐了一个偌大的烟圈。我也跟着吐一个。我们的脸凑得很近。我能闻到他的口臭。长期的酗酒已经使他的肠胃功能严重衰退，他常常可以半个月不拉一次屎，屎味都从他的嘴里喷出来，或许这正是他排泄的方式。

“不是，是一份普通的合同书——我们准备收购海皇大酒店，这是你也知道的。老大要的合同书草案。你要看看吗？”我把文件袋送到王孝廉的胸前。他却犹豫了。

“你就看一下吧。”我怂恿他。

“我看过了。是干掉我的方案。五套。”王孝廉淡然道，“你手里拿的是第七稿。前面六稿我也看过，写得挺好的，很周密，也很有创意。当然，第七稿才是最好的。”

我刹那一阵慌忙。原来他什么都知道。我故作镇静，像一个面对导师的答辩考生。

“但第七稿也并非毫无瑕疵。”王孝廉沉吟了一下，“还有一些致命漏洞。这些漏洞会使你们的计划功亏一篑的。你必须把这些漏洞堵上。千里之堤溃于蚁穴，不能掉以轻心。”

王孝廉生怕我不相信他，还准确地说出了第七稿方案的大概，一些句子还一字不差地背下来，接着分析了五套方案的优劣，哪些地方比原来改得好，哪些地方改得还没有原来好，“但综合起来还是第七稿更完善一些——如果要更完善，我们可以坐下来商榷一下，你可以虚心听听我的意见……”

我有点懵了。我感觉到我的双腿地打战，牙齿也不听使唤了。我脑子里想的是，到底是谁出卖了我。

我想来想去，只有一种可能，那就是我的妻子。除了我的自己，只有她能打开我的电脑——尽管我严厉警告多次她不要碰它：“那是江湖上的事情，知道得太多对你没有好处！”我警告她的时候语气冷得像冰碴。她也从不管我的事情，她一直在睡觉，现在也许还在床上熟睡。

王孝廉脸上掠过一丝隐蔽的得意。

我支支吾吾的，应该说是语无伦次。

“兄弟，我没有责怪你的意思。这是你的工作，你是我们当中最聪明最善于动脑筋的一个。但我想证明给你看的是，我一点也不笨——你们总以为我是一个粗人。你也觉得我笨吗？”

“没有，你向来足智多谋，兄弟。”

“那你应该听听我的意见——关于干掉我的五套方案，我们得坐下来聊聊。至少你想知道我宁愿选择哪一种死法吧？”

既然如此，我只好随王孝廉一起来到惠江边四海茶庄，登上二楼，坐在靠江的座位上。王孝廉面向江水，江面上的挖沙船正缓缓开过，等它的马达声渐渐远去，我们便开始谈话。

“我喜欢坐在这里。我喜欢看着江水绕过沙洲往南流淌。”王孝廉突然像个诗人，“江水流动，我的心也随之远去。郴江幸自绕郴州，为谁流到潇湘去？”

我心里提醒王孝廉，这条不是郴江。江面上雾气稀薄，寂寥，悠远，偶尔有飞鸟掠过，此时的郴江亦应如此。但我们都没有到过郴江。然而，令我惊讶的是，王孝廉能随口说出诗歌来了。

这里适合谈论机密，也适合谈论诗歌和生死。

“我们还是谈谈第七稿吧。”王孝廉说。

于是，我呷了一口茶，正式进入了主题商榷。

“愚人节这一天，我想念美国。我不一定像你设想那样，你得考虑到我也许会在纽约的街头……”王孝廉说话逻辑严密，分析透彻，善于推理，他的见多识广远远出乎我的意料，“你知道有时候我心血来潮，半夜启程飞往美国，在美国，我有铁杆兄弟，当然，你知道的，在那里我也有爱情。如果一个人知道自己随时都可能死掉，他一定希望死在有爱情的地方。”他对我的方案逐一推敲，一共指出了十八处纰漏，提出了二十六条修改意见。这些纰漏原来多么致命，而那些修改意见又是那么中肯，都让我有醍醐灌顶、茅塞顿开之感。说实在的，我不仅对王孝廉刮目相看，还对他产生了敬畏。

“你没有真正弄懂死亡，因为你没有遭受到近在咫尺的死亡威胁——尽管你很聪明很老谋深算，但你的眼里没有悲伤，内心里没有恐惧，所以你的想法会有纰漏。现在我不是以一个活人的身份跟你谈论这个方案，而是以一个将死的人给你建议。”

我说，很早以前，我就想跟你推心置腹谈论死亡，但是，我确实不知道从何谈起，甚至，我不知道如何谈论爱情。

王孝廉说："现在你可以谈谈了。"

于是，我和王孝廉谈方案以外的事情，我才发现，世界比我想象的要宽阔得多，我们内心的河流汇聚在一起变成了汪洋大海。

天色已晚，暮色四合。我们谈论到了爱情，意犹未尽，但王孝廉把话题拉回到方案的修订上来了。我差点忘记商榷方案才是我们今天的主题。

那我们商榷方案。

"我不是一个完全的草包吧？"商榷结束，王孝廉呷了一口茶。在整个商榷过程中，他没有碰过茶杯，像一个激情四射的演讲者，面对求知若渴山呼海啸的观众来不及喝上半口水。或许，他的体内特别是喉咙里装着很多的水。

"不是。"我回答道。

"按照修改后的任何一个方案，你们都可以顺利干掉我。"王孝廉平静地说，"风险很低——我现在还想不出破解的方法。"

我尴尬地笑了笑。

"我只能引颈待剐，坐以待毙……我离死期不远了，兄弟。"王孝廉的脸上突然有了悲伤。

"不一定的，兄弟。"我说。

"我在劫难逃了，兄弟。"王孝廉突然哭了。一种充满绝望的哭泣。真实得没有一点杂质。

“天罗地网，瓮中捉鳖，我无处可逃了。兄弟。”哭泣中，他又说了一句。

“不一定的，兄弟。”我劝慰他。

“你回去修改方案吧。那将是完美无缺的方案。你们干掉我后，它就变成一个经典方案——兄弟，别忘记，我是为它贡献过聪明才智的。”人之将死，其言也善。王孝廉像给我留下临终遗言一样，安详，恬淡，谦恭，推心置腹。

我不知道说什么。我的手里像高举着屠刀，面对被执行死刑的人我没有豁免权。

“我无权选择哪一种死法。”王孝廉说，“哪一种死法我都在劫难逃。”

我似乎在认同他的说法。我也陷入了莫名的悲哀之中。

“兄弟，你觉得我对你怎么样？还不错吧？”王孝廉突然抹去脸上的哀伤，单刀直入问我。

“我们，兄弟……”我无言以对。我不想跟他讨论这个问题。我是想安慰他，这个方案既可以为干掉王孝廉而设，也可以改为别人。像我们这个帮派，经常要干掉一些人而留下另一些人。因此，这个方案并非一定为你而订。

“你那么快就忘记了？七年前，我连自己的女朋友都拱手相让给你了。”王孝廉说，“所谓的爱情是不存在的，兄弟情谊才最珍贵。”

我想起来了，我的妻子，七年前曾经和王孝廉关系暧昧，路人皆知。那时，我刚刚来到这个城市，孤立无助。那时，我还是一个好人。但结婚以后，我就是一个坏人了，妻子经常为我所做的坏事情出谋划策，她理所当然是为帮内最得力的贤内助。

“你的妻子也为这些方案贡献过聪明才智。”王孝廉顺带增加了一个名字，像提醒一部著作署名时不要漏掉其中的一个作者。

看来，这五套完美无缺的方案真是集思广益的结果。

唯一出乎意料的是，我的妻子。我原以为她经常说对王孝廉恨之入骨是她的内心表白和坦诚相告，我相信她说话时的咬牙切齿，我们一直同仇敌忾。可是她动了我的方案，使事情一下子变得非常复杂和无可挽回。

我把王孝廉一个人留在茶庄上，快步回家。因为我害怕忘记刚才他提出来的修改意见。那么中肯的意见，那么好的建议，即使忽略了其中任何一条，这个方案都将留下重大隐患，会使行动功亏一篑，后果不堪设想。我得在妻子从床上醒来之前把方案修改好。时间比生命紧迫。而此时，灵感犹如上帝降临，我的脑子里突然有了另一套更绝妙的杀人不见血的方法。那就是我要反复地修改上述五套方案，一百次，一千次，不厌其烦地讨教王孝廉，让他在越来越完美、越来越无懈可击的方案面前陷入绝境不能自拔，最后精神崩溃，仰天长叹，自行了断……尽管这套方案刚刚有个轮廓，但它只有优点，没有缺点，风险指数为零，成功率将会是100%。没有人知道我内心萌发的阵阵暗喜和自鸣得意。我告诉自己，这套方案谁也不要告诉，它只能盘桓在我的内心深处。它是那么巧妙，那么不动声色，兵不血刃，杀人于无形。这将是一个天才般的构想，神来之笔，除了我，没有人会想到它。它是上天刚刚赐给我的礼物，它将成为千古经典。因此，它应该有一个经典的称号，以便让后世传颂以及在教科书上流传。但由于过于仓促，我还来不及给它一个恰当的名字，便姑且称之为《第六套方案》，那将是我为王孝廉处心积虑设计的第六种死法。一切如此完美，如此神机妙算，它凝结了我前半生的所有智慧，它预示了我后半生的炫目的成就。

瞬间，我的双腿仿佛被注入了核动力，因此，我跑得飞快。

但无论我跑得多快，都无法摆脱王孝廉穷追不舍的悲鸣和越来越浓的夜色。

我在南京没有朋友

如果硬要我从越来越少的朋友之中再剔除一个，我宁愿选择赵球。

成为朋友的伊始，赵球并没有那么坏，甚至还挺仗义的，仗义到令我自惭形秽。举个例子吧，有一次，赵球带他新结识的女朋友来赴宴。她长得很白，高大、丰满、略胖、短发、大耳环，气质颇佳。酒足饭饱后我由衷地赞叹了一句，赵球，你真他妈的会找女朋友，她是个好女人，将来会是个贤妻良母，即使你一事无成，窝囊得像个球，你也会因为娶了她而幸福一辈子。是吗？真的吗？赵球若有所失地说，如果真有那么好，我只好把她让给你。看他那神态，不像是做作，也不像是意气用事，而是不舍得，很矛盾，甚至很痛苦。无论我怎么推辞也无济于事，他真的把他的女朋友送到了我的怀抱。我半推半就，笑纳了。那过程不便细说，虽然有点曲折、荒唐，但她后来竟真的成了我的妻子。自从她成了我的妻子，我原本杂乱无章、碌碌无为的生活变得秩序井然，目标明确，风生水起，半年后我考取了公务员，进了政府机关上班，一切都蒸蒸日上。

而赵球，像一堆被乱风吹散的鸭毛，东奔西走，居无定所，依然在生活的泥潭中不能自拔，行走在主流之外，一直没有结婚，而且越来越声名狼藉，只剩下我一个朋友。如果我把他剔除出去，在这个世界上他便是一叶孤舟，总有一天会沉没于汪洋大海。然而，他依然不依不饶找到我的朋友，试图从他们那里得到好处，以解决他真假难辨的燃眉之急，却把我推向了风口浪尖之上。

赵球千方百计找到我的朋友的时候，首先自我介绍说："我是洪刚的朋友赵球……"

因此，"洪刚的朋友赵球"成了赵球的名片和往来于我的朋友中间的出入证，也成了我的朋友们中间口耳相传的警语，防火防盗防赵球。

"你知道吗，我把世界上最好的那匹母马送给了洪刚。"赵球让我的朋友知道他的身份后总是从我的妻子说起，以此表明他跟我的友谊多么肝胆相照、价值连城。

世界上最好的那匹母马当然是指他的前女友，也就是我的妻子。她在赵球的眼里怎么变成一匹母马了呢？我百思不得其解，妻子对此更是气恼交加。

"你不欠他什么！你不必对他那么仁慈！"妻子三番五次地对我说，"像他那种浪荡子，都成为城市垃圾了，你为什么还对他心怀悯惜？"

我的仁慈在我的朋友们中间是出了名的，但因为对赵球的过于仁慈，使我的朋友不断流失，因为被他们形容为瘟神的赵球确实影响了我在朋友们中的威信和形象。但即使我仁至义尽，也难以做到大义灭亲，与他一刀两断形同陌路。因为我确实感到我欠他的，他把自己的女朋友送到我的怀抱，相当于把一笔巨款存到我的银行里，他有权随时来领取，即使早已经透支，但我仍然是他的银行。这让我的妻子感到厌烦，如果继续这样没完没了，她会离我而去。因此，事态相当严重，是该当机立断的时候了。

简单地说，赵球是这样的一个人。我们都来自农村，都家庭贫困，都成绩优良，都上了大学，毕业都回到了县城，我在一家国企当秘书，他在运输公司当出纳。我们吃住在一起，超越了一般关系成了好朋友，都不满足于现状，三年后我们一起辞职，到了 K 城一起贩卖过简易验钞机、劣质棉被、假洗发水，一起蹲过看守所，在与南门地痞的斗殴中并肩作战身上都满是刀伤……只是，日子都没往好的方向过，我们过得捉襟见肘，焦头烂额，眼看在 K 城待不下去了。后来，他把“世界上最好的那匹母马”送给了我，作为附加条件，也是密约，我们在 K 城欠下的一屁股共同债务由我一力承担，他自己去了深圳。又是三年后，他回来了，以一贯的诚实滴水不漏地向我描述了他在深圳经营的照相馆如何红火，天南地北、五湖四海的人都光顾，个人写真照、婚纱照、艺术照，纷至沓来，应接不暇，单单收款台也得雇请了三个手脚麻利的姑娘。

“我的事业开始起飞了，像一匹马奔跑在非洲的大草原上，纵横驰骋，没有谁可以阻挡我。”赵球雄心勃勃，一点也看不出有什么不妥，“只是我还得扩大业务，资金周转有点困难……”

我再次保证，三年前的赵球是一个诚实的人，工作勤恳，愤世嫉俗，见义勇为，积极进取且富有理想，还有一副壮实俊秀的外表，那是为什么我的妻子曾经对他一见钟情至今仍念念不忘的原因。他口若悬河的时候，自始至终没看我妻子一眼，这使我很放心。而我的妻子在一旁听得入迷，一向不轻易相信别人的她也被赵球的见识和成就迷惑了。第二天，刚刚还清旧债的我，和妻子一起向亲朋好友借了一笔钱交到赵球的手上。如此大的一笔钱。他带着我的钱消失了。三天后我才知道，那天坐在我面前的赵球其实是一个骗子。他在深圳根本就没有照相馆，什么也没有。三年来，他就是一个游手好闲、夸夸其谈的浪荡子，好吃懒做，放浪形骸，风流快活，借遍了所有他认识的人。兄弟呀，江湖救急，不能见死不救，借五千不成，五百总成吧，要不，一百，两百，哪怕五十也成，身上没带钱？你的钱包给我瞧瞧，真没有，那你的同事、邻居那里有……钱到手，立马花了，花了再借，从不打算偿还。这样的人我听说过，但赵球是这样的人，开始我不相信。后来从朋友们源源不断对我的埋怨声中我知道大事不妙。数月后，我才千辛万苦联系到他，追问借款的事情。

“我的事业开始起飞了，像一匹马奔跑在非洲的大草原上，纵横驰骋，没有谁可以阻挡我。”赵球在电话的一头雄心勃勃地说，“你的钱帮了我的大忙，但现在我的资金周转出现了一点困难……”

我向他讨钱："兄弟，我的钱是借来的，你得还给我……"

"我会还的，很快……"电话里传来赵球拍打自己胸脯的钝响，然后是挂电话的声音，然后再也打不通他的电话。妻子对他的卑鄙行径怒骂不止，想不到他会变成那样令人作呕的人。关于他的消息，永远都是如何骗取同学、朋友、熟人钱财的最新案例，他永远是你办公室或家里的不速之客，嬉皮笑脸，厚颜无耻，死缠烂磨，或声称被车撞了（腿上缠着有血迹的纱布），或说家里死了人（哭丧着脸满面悲伤），或说他唯一的孩子病了（不知道他怀里抱着的是谁家的孩子），借钱的理由五花八门蔚为大观，他们躲避不及的时候只好自认倒霉，随便给他几十块送走他。我想告诉我的朋友，赵球是什么样的人，但一些朋友在接到我的提醒之前已经被赵球"洗劫"，防不胜防。

"他说他是你最好的朋友，他把世界上最好的那匹母马送给了你。"我的朋友捶胸顿足地说，"他刚刚离开，还顺手牵羊拿走了我的半瓶咖啡"。

"……你怎么有这样的一个朋友？"另一个朋友怨声载道，"我们正在家吃饭，他就敲门出来了，也不客气，拿起碗筷就吃，风卷残云。他身上臭气熏天的，三年没洗过澡了吧，他走后，我女儿喷了两瓶清新剂也消除不了他留下的气味——看上去他也不像是个精神病呀？"

"要不是你洪刚的朋友，我怎么会借他五百块钱……"

"我全看在你的面子上，洪刚，况且，你的面子也不止值区区三百块……”

“他是打着你的旗号来的，那八百块钱，你得替他还。”

……

瞒着妻子，我暗暗地替赵球还过一些债，以此平息朋友们对我的不满。但即使我是真的银行家，也无法填补他留给我的千疮百孔。关键是，我的愚蠢的仁慈被妻子发现了，她痛骂了我一顿。

“你是不是认为如果他娶了我，他就不会变成这样，他就是今天的你，你会成为现在的他？”妻子暴跳如雷。她很少这样，她一直是标准的贤妻良母，把家打理得井井有条，方方面面的关系处理得稳妥和谐，在我的朋友和亲戚中她的口碑很好，威信比我高出许多。最让我满意的是，她很淑女，特能忍，很少冲我发火，但这次她少有的发飙了。

“你是不是觉得你还欠他的？如果那样，你把我还给他算了！我明天就找他去，跟随他骗遍全世界。”显而易见，妻子说的是气话。三年多来，她对赵球的厌恶有多深对我的爱就有多深。但看得出来，妻子是真烦了。说实在的，我也烦了。

我决定放弃赵球，至少让他远离我的朋友，使我的朋友们不再蒙受欺骗和烦扰。我和妻子花费了三个夜晚，搜肠刮肚，把能想到的亲戚、朋友、同学、校友、熟人、邻居、新旧同事等等那些不应该蒙受欺骗的人，把他们的名字一一列出来，然后用信函、短信、电话或口头告知，并让他们转告他们的朋友的朋友、亲戚的亲戚、同学的同学，要提防一个叫赵球的人借钱借物，就差不在媒体上公告天下了。要是得知赵球已经出现在哪个城市，我得连夜再三提醒那边的朋友：“那个叫赵球的人找上门时，你们不要理会他，如果他说我是洪刚的朋友赵球，你们就说根本不认识洪刚。洪刚是谁呀？我连洪刚都不认识。这样他就会知难而退。”

也许赵球感觉到我的意志，以及看不见的众志成城、严防死守，已经一年多没有跟我联系了，似乎已销声匿迹，我也很少接到到朋友们的投诉电话，但愿他已经洗心革面，知耻后勇，重新成为一个好人。但有一天，他突然打了一个电话给我。

“洪刚，我赵球呀，近来好吗？我现在在南京，明天要谈一笔生意，很大的一笔生意。”赵球兴奋地说，“我的事业开始起飞了，像一匹马奔跑在非洲的大草原上，纵横驰骋，没有谁可以阻挡我。”

赵球的可笑之处在于他口若悬河的时候根本不理会你信不信，像一个早已经被观众看穿了他的伎俩的魔术师依然故作高明地表演，我在电话这边都发出嘘声了，他依然滔滔不绝：“从今往后，我就要在南京打天下了，你知道吗，南京是一座有王者风范的城市，数年之后，我就是这里的王者，在通往王者的路上你得鼓励我一把，朱元璋也得靠朋友才能打下江山的……”

“你能省省电话费吗？”我打断他的话，“那些不实际的话就不用说了吧。”

赵球也许听得出我对他的不信任，那头尴尬了一会，然后笑呵呵地说，“兄弟，你要相信我，我真的走在起飞的跑道上，像一匹马奔跑在非洲的大草原上……”

我说，你知道，我欠了一屁股债，身上连买包红梅烟的钱都没有了……

我目的是不等他开口先堵住。

“我哪能再向你借钱？”赵球诚恳地说，且善解人意，“你嘛，工薪阶层，孩子读书、父母年老体弱，正是用钱的时候，肯定捉襟见肘，等我财务宽松一点，我给你的卡打入十万元，你家也该装修装修，至少把空调装上。”

我说我没空跟你聊了，你天南海北地跑不容易，自己保重吧。我刚要挂电话，他在那边嚷了起来：“你在南京有朋友吗？”

“没有，我在南京没有朋友。”我警惕而斩钉截铁地说。

“你怎么会在南京没有朋友呢？你告诉我他们的联系方式……”

“怎么啦？”我生气地问。

“江湖救急，兄弟。”赵球突然哭出来了，“我身上一分钱也没有了，举目无亲，饿了三天，晚上睡在地铁里。”

“我在南京真的没有朋友。”我说，我没在南京读过书，经过商，甚至没去过南京。南京在哪里？

“南京你应该有朋友的。”赵球胸有成竹地说，“是你不愿意告诉我，怕我找他们的麻烦。”

“我发誓，真没有。南京从头到脚都很陌生，哪能有朋友？”我说的是真话。

“我知道一个。”赵球止住了哭，阴险地说，“丁香，你不记得丁香啦？她在南京，我刚刚在《金陵晨报》上读到她的文章了，里面说到了你洪刚，她不在连云港了，已经在南京工作，从文章的内容看，她混得不错，住在中华门附近，家里的阳台上种满了君子兰，每天都要在城墙边上散步，寻找灵感。”

我大惊。我确实不知道丁香已经到南京了。多年前她不是在连云港文化局创作室吗？

“她肯定是你曾经的丁香。”赵球说，“从她的文章中能隐约可见你们当年在敦煌、沙漠时的天真烂漫，两个人一匹马，长河落日，大漠孤烟……”

“你，你不要骚扰她！”我恳求他。丁香是我兰州大学的同学，是我的初恋女友，过去我经常跟赵球提起过她，她曾经是我的命。但相隔千里，我们多年没有联系了，一个单纯得不能再单纯的温顺女人，除了戏剧创作，对世事一无所知，对谁都没有防范心理，朋友有难，她会倾其所有去帮忙的，对可能找到她的“洪刚的朋友赵球”，她将更不遗余力倾其所有哪怕倾家荡产。

“我找不到她的具体地址，你能告诉我吗？”赵球真可恶，一点没有变，带着要挟的语气，“你不说也不要紧，找遍中华门的所有小区，挨门逐户地找，总会找到她，但得花费一点时间。”

“你不能找她！”我被他抓住了要害，不得不泄气，“我和她都十年没有联系了。没有她的任何联系方式……她只是我美好的回忆。”

“我只是想见识见识她而已，我……”赵球说。

“她不能受到欺骗……”我说。

“你不是欺骗了她吗？”赵球反唇相讥。

“我……如果你找她，我和你一刀两断，反目成仇，势不两立！”我警告赵球。

“兄弟，你不必要为一个女人跟我断绝关系的。”赵球嬉笑着。

妻子拉扯着我的衣角，我只好提高嗓门厉声地告诉赵球：“从今往后，我们再也不是朋友……”

“我们是不是朋友并不重要，兄弟，现在关键是你能告诉丁香的电话，我在南京都走投无路了，她是我唯一的救星了，你总不能见死不救吧？丁香……”

“我不认识丁香，别跟我提丁香！”我吼叫道，“谁是他妈的丁香！”

“你真不愿意告诉我……既然如此，我只好自己找她了。”赵球啪一声挂了电话。他是在公共电话亭打的，回拨时没人接听了。

我怒不可遏，向妻子保证：“从此以后，如果我再认贼作父，天打雷劈！赵球，一个千刀万剐的驴球！我恨不得亲手掐死他。”

妻子出奇的平静，一言不发，满脸不屑并夹带冷色。

我为丁香担忧，心急如焚，好像整个世界就要倒塌了。

我手忙脚乱地联系大学同学，一个一个地打电话，让他们告诉我丁香的电话号码。

“十万火急！千钧一发！”我对那些同学说，“我来不及跟你解释了，总之，丁香在危难中……”

可是，折腾了一个晚上，没有一个同学知道怎样马上联系上丁香。丁香好像被我们遗忘被我们抛弃好久了。

“她心里只有你。”一个跟丁香很好的女同学说，“她五年前离了婚到南京去了，谁也没告知，谢绝一切打扰，闭门创作，五年了，我也没跟她联系过，前几天我才知道，北京人艺正在排练她的一个剧本，元旦后要公演了。”

可是，赵球宛如一个杀手，正悄悄地逼近丁香，要在丁香那颗单纯善良的心重重地剐上一刀了，她会伤痛，会流血，会对美好失去信心……怎么才能告诉丁香防范赵球呢？我快要发疯了，狠狠地把通讯录砸在地上，还用更狠的脚践踏了几下。

妻子的脸色越来越不好看，终于忍不住发作了。

“赵球不就是要向她借几个钱吗？用不着那么紧张吧？”妻子冷嘲热讽。一反常态。

“丁香对朋友从不设防……她心地善良，对人热情洋溢……”我说。

“我就不心地善良……”妻子反诘道。醋味弥漫。

“赵球谁都可以去骗，就不能骗到丁香的头上。”我说。

“那你现在就去南京提醒丁香，去呀，为什么不去呀？”妻子推了我一把。

“你为什么这样？丁香不也是我的朋友吗？”我说。

“丁香不是你的朋友，她是你的梦，她是你的痛。”妻子的话直抵人心。

“蛮不讲理……赵球都快骗到她的头上了，你为什么不着急？你到底是站在谁的一边？”我跺着脚，快要哭出来了。

“现在我站在赵球的一边！”妻子回吼了一声。

问题骤然变得复杂。

我软了。我说，我宁愿给赵球钱，让他远离南京……

我说过，妻子是贤妻良母，她不会跟我胡搅蛮缠。她稍稍平息了一下自己情绪，轻描淡写地对我说，我在南京有朋友。

妻子早年的一个闺中密友嫁到了江宁。江宁是南京的一个区。

“我可以让她帮你。”妻子说。

我惊喜交集，紧紧拉住妻子的手。妻子挣脱我，立马找到了她闺友的电话，拨通了，说了一通，那边回话说，南京那么大，中华门那么阔，城墙那么长，赵球又不是刘德华，我怎样才能找到他？

妻子百般奉承，低声下气，反复哀求，那边总算答应她，明早找几个人去中华门试试。

然后是漫长的等待，无尽的煎熬。但在妻子面前，我得装出若无其事的样子。第二天中午，南京那边来电话了，说她们五个人在中华门附近转悠了大半天，一个一个地对照了上千个可疑分子，连乞丐也不放过，可是就没有看到像我们描述中的那个人。

“洪刚的朋友赵球，他会不会乔装打扮啊？”那边说，“杀手都会这一套。”

“估计不会吧。”妻子说。

“要不要报警啊？”那边问。

“千万不要……”妻子提高了声音说，“他不是危险分子，也没有那么坏，他……”

妻子的声音变得温柔、怜悯，脸上闪过一丝慌乱。看得出来，她心里也很焦急，应该只是焦急而已。

“你究竟是什么意思啊？还要不要找啊？”那边有点烦。

“……要不，你们找找丁香吧？”妻子说，“寻找丁香，或许容易一些……告诉她……”

“丁香是谁呀？谁是丁香呀？”那边说。

妻子犹豫了一下把电话转给我：“你告诉她丁香是谁。”

我的一只手抓着电话，另一只手在空中夸张地比画着，描绘着，把丁香最显著的外貌特征告诉对方。

“1 米 62，不胖，圆脸，很嫩白，鼻梁高……”

“眼睛很大，睫毛很长，说话像个孩子，对，清甜，纯真，笑的时候……”

“下巴左边有一颗米黄色的小痣，不过要凑得很近才能看得见，白天像颗小珍珠，晚上像颗小钻石……”

“单纯，善良，不设防，她经不起一丁点欺骗的伤害，她的心像一只透明的玻璃瓶子，轻轻一碰就会破碎，我们不能让她经受破碎……她喜欢穿草莓色的裙子，身上散发着草莓的味道，天然的，不是香水，她身体的气味就是草莓味……对，中华门附近……搞戏剧创作，有天生的艺术家气质，你可以和她聊莎士比亚……与众不同，卓尔不群，她应该是南京城最特别的女人，应该容易认得出来……”

我好不容易才把丁香描述清楚了，那边也答应马上去寻找丁香，告诉她提防“洪刚的朋友赵球”。谢天谢地。我深深地松了一口气，可是回头的时候发现妻子不见了。

屋里屋外找了个遍，不见妻子的踪影。邻居告诉我，妻子气冲冲地往火车站方向去了，像一匹发怒的母马，跑得比火车还快。她吼叫说她要去南京，看看丁香究竟长得怎么样，到底有没有那么好。

丁香是谁呀？邻居追着我问，“丁香不是花？”

我走出很远了。还来不及回答他。

逃亡路上的坏天气

我的故事有三个主角。除了我自己，还有黑狗、臭卵。我的外号比他们更难听。他们背后肆无忌惮地称呼我贪污犯，虽然我还没有被判刑，甚至还没有站到被告席，因此谁也不能说我是“贪污犯”。但从进入云南境内起他们就这样叫唤我，想以此证明我跟他们是平等的，是一丘之貉，就像穿着已经破了的鞋子和肮脏的衣服走了很长的路一样感觉很不舒服。然而这些都不重要了，因为我正在逃亡，身份、地位、背景早已不值一钱，唯一在乎的是被警察抓到之前逃到缅甸去，黑狗说去投靠他在缅甸做玉石生意的叔叔。而我，有一个在金边一所大学里教授中文的远房外侄，虽然从没联系过，但他是我唯一的海外关系。听说他在缅甸神通广人，各方面都吃得开，但我不会在缅甸这样贫困混乱的国家待太久，我的最终目标是在外侄帮忙下逃到美国或者欧洲。

一个多星期，又或许是十多天前，我们从安徽出发，经上海，迂回石家庄、北京、大连、青岛、武汉、广州、南宁，才从贵阳进入云南，像进行了一次漫长的星际旅行。途中历经了很多艰险和惊慌，包括：在广州火车站黑狗差点被联防队认出来，因为墙上到处贴着五花八门的通缉令，我估计是经过一次失败的整容帮他逃过了此劫，他脸上布满的红疹使联防队最后时刻对自己的判断产生了动摇。一路上我同样惊心动魄。也许很多报纸和互联网上都刊登了我携款潜逃的消息并配发了醒目照片，很多人都认得出我了。在武汉开往广州的火车上，坐在我对面的一个操马鞍山口音的中年妇女一惊一乍地盯着我，还将信将疑地问我，你是不是司图市长？我紧紧地搂着装满了现钞的箱子，心虚地摇摇头，嘴里禁不住不断地说你认错人了，而乘警一次又一次从我身边走过，我感觉到他们冰凉的目光充满了狐疑……经验丰富、老奸巨猾、号称安徽偷渡的人中有一半是经他策划组织的蛇头臭卵在中途却意外地栽了，在昆明的夜市撞上了一个被他欺骗过的客户，两人当众扭打，结果进了公安局，但只是被训斥了一顿就出来了。我们对此的理解是公安局欲擒故纵放长线钓大鱼，只好赶紧收拾东西连夜离开昆明，改变出逃时间和路线，像丧家之犬往西北方向逃之夭夭。沿澜沧江逆流而上，从康普左拐，越过怒江，翻过贡山，往北抵达迪布里，然后又折向南，我们是要逃到缅甸的阿勒翁市。辗转反侧，途中依然险象环生，幸运的是，我们都有惊无险地避过，现在离目标都很接近了。虽然我和他们之间没有友谊，即使同舟共济了不短的时间，如果不是为了同一个目标和路上有个照应，我甚至不愿意与像他们那样粗俗的人为伍，因此我和他们没有多少交流，只知道一个犯了命案，一个得罪了黑社会，但我还是同意了他们提出来的一个约定：越过边境后痛饮一顿，以此宣告摆脱了国内警察的纠缠和新一天的开始。

但始料不及的是，那天的天气很不好。在离边境还有十几里路的藏民区，在黄昏突然降临的下午，一场暴雪从北面方向席卷而来，铺天盖地，还夹着冰凉的小雨。刚才还觉得有点热的气温像发动机突然熄火的飞机急剧下降，似乎要让一切都顷刻之间变成冰块。我们从没遇过这种坏天气，被困在崇山峻岭一个叫不出名的山坳，进退两难，不知所措，几近绝望。

我们把遇上这样的处境归咎于貌似老实的向导老宋。他的老迈迟缓和过分自信使我们比原计划延迟了一个多小时，这段被延误的时间足够我们赶到边境并乘着雨雪的掩护顺利穿过国防线，远走高飞。不仅如此，老向导有点坏心眼，一路上不断以各种理由，如边防部队加紧了巡逻、可能遇上泥石流甚至雪崩、驮行李的母马有了几个月的身孕等等，跟我们讨价还价，目的想多敲几个钱。我们警惕地意识到过于在乎钱财的人是不能相信的，因此我们在进入藏区之前把他解雇了，预防他向警方告发带来的厄运，我们再次改变了逃跑的线路，并请了一个藏族姑娘带路。

藏姑还是一个小女孩，长得就是一个十足的藏姑，黝黑的脸、蓬乱的头发，包裹得严严实实的藏袍，赶着一匹还算结实的矮母马，十二岁了，但看起来跟我八岁的女儿差不多，马鞭似乎比她的身高还长。她会说一些简单的汉语，但我们说话的语速必须比爬行这种崎岖泥泞的山路还慢才能让她听懂。她说她叫格桑，不上学了，每天就在山口等要进山的游客雇她和她的小矮马。她把我们当成一伙普通的喜欢猎奇的游客，因此她以习惯性的口吻告诉我们，三年前父亲死于一场雪灾，母亲的腿不好下不了床，在家带着小妹妹，而她对这一带了如指掌，已经带领和帮助无数游客越过喀拉山到达缅甸边境。我猜，她肯定也是这样跟其他雇主说的。因此，我知道，一家的生存重担压在格桑的肩上，就像当初一个城市建设和发展的重担压在我身上一样，因此只有我才明白瘦小的格桑为什么在这种恶劣的天气里还愿意冒险。

格桑像久经风霜的长者告诫我们，到了冬天，这种天气是常有的，不过现在还好，还没到大雪封山的时候，到了那时，连狼也跑不了这种路，但是，即使是现在这种天气也是不能赶路的，那雨太冻，淋湿身子会冻入骨髓，将肉身化为雪水，不说是人，连马都会冻垮。

我们已经领教了这种雨雪的厉害。臭卵浑身发抖。黑狗牙齿打架的声音彼此可闻，脸上的红疹变得恶黑，痛得他不断地呻吟。我们用默认的方式无可奈何地听信了格桑的奉劝，停止前进，闯在一间废弃的牧人小石屋里躲避。

“这是我父亲留下的房子。他是一个牧人。”格桑自豪地说，像介绍自己的家一样。

狭窄的小屋像冰窖一样，我们三个人弓着腰进来，一下子塞满了黑暗的空间，但格桑坚持把她的小母马也拉了进来。

“让马也暖和暖和，它们不穿衣服，比人还难受哩。”格桑忧郁的脸上露出少女式的俏皮神色。

除了黑狗骂了一句马的气味太臭外，我们没有对小母马表现出过多的反感，因为大家都知道，要翻山越岭还得靠它。但屋子里确实太窄了，马嘴和人的嘴巴几乎吻在一起，互相感受得到对方体内吐出来的暖气。我们又累又饿，掏出包里的干粮，干粮不多了。格桑不接受我们的食物，她自己有。她把糍粑一块又一块地送到马的嘴里，让它咀嚼得吱吱地响。自始至终，她自己才吃一小块。

外面的雪没有停下来的意思，世界惨白，寒气逼人。墙角里有一小堆牧人留下的木柴，格桑悄悄地点燃了几根。我们突然觉得困倦，都蹲下来打盹。才一会，我便做了一个短暂的梦，梦见我的女儿了。我猛地惊醒：原来，我没来得及跟她告别。

那天早上，我准备到政府开一个重要的会议的时候，忽然接到一个电话，声音有点熟悉，只是想不起是谁了。他压着声音，慌张而急促地说：

“检察院马上要动你了！还不快逃！”

我还来不及问对方是不是我在检察院的一个同学，对方便把电话挂了。这种事情也不能多问，他冒着多大的风险给我通风报信！这段时间，我做梦经常看到自己戴上了冰冷的手铐，从家里被检察官押出来，女儿哭着抱着我的腿，不让我走……想不到，这一天来得那么快。突然感到天旋地转，我根本来不及思考，头脑里一片空白，稍回过神来，只想到了一个字：“逃。”

我摔门而逃，慌不择路，差点摔倒在楼梯上，一个邻居看到我脸色苍白的样子，要强送我去医院，我粗鲁地摆脱了他，仿佛他是要扭送我去使人身败名裂的地方。在车库里，四下无人，本来想给妻子打个电话隐晦地向她告别，但整个世界风声鹤唳、草木皆兵的，只好作罢。我需要帮忙。但这个时候才发现，没有一个朋友或心腹是值得信赖的。突然众叛亲离。甚至不知道往哪里逃。我开着车，慌慌张张，感觉到满大街的车和人都是对我围追堵截，千夫所指，一个个面孔都因愤怒而狰狞。我必须摆脱他们。从去市政府的人民路掉头，往东拐过中山北路，避开检察院所在的淮海路，如丧家之犬，往南狂奔。出了城区，在无人注意的地方，把车牌摘了下来扔到臭水塘里，然后把车开进一家疗养院的停车场，打的来到一个十字路口，招停一辆武汉开往 X 城的长途班车，在 X 城下了车，然后赶到 Y 城火车站，跳上了开往上海的火车。惊魂甫定，便认识了一个自称做东南亚国际贸易生意的巢湖老乡。

他人高马大满脸横肉，有着生意人的精明和市侩，并一不小心便露出固有的浅薄和猥琐来，然而，却装作见多识广、满腹经纶。一开始，他夸夸其谈地跟我谈论 9.11、阿富汗和美元跟人民币的兑率、国家出口退税政策甚至安徽外向型经济发展……虽然时有谬误，但对于一个体制外的人来说已难能可贵。然而，他喋喋不休的样子让我无所适从。要是平时，我是不屑跟这样的人有过多的交谈的，但他好像看透了我的一切，非常谦虚地与我探讨问题。我也需要一个陌生人跟我聊天以缓解我内心的惊恐和慌乱，因此我没有拒绝他，慢慢地我从一味点头敷衍到主动发表一些见解，他对我的见解奉若圭臬，就像一个下属领会我的意图一样虔诚。我们越来越谈得来，不知不觉间，呼啸在辽阔的平原大地上的列车过了一个又一个站点，驶向暮色苍茫的尽头。我绷紧的神经得到了暂时的舒缓，谈兴渐浓，能不时听到自己发出的谨慎而节制的笑声。后来，我们很自然地不知不觉地谈到了A市……他从没到过A市，却对A市了如指掌，甚至对官场的明争暗斗相互倾轧也洞若观火，对一些并不广为人知的传言和我所不知道的内情他也明察秋毫。长期在东南亚做生意的他怎么会对A如此熟悉？他对A市的很多问题的看法是颇有见地的，特别是看官场他有着与众不同的生意人的角度，令我耳目一新。我想听他对谁最有可能在下一任A市市长的竞争中脱颖而出的分析，因为在此之前，坊间的议论都集中在我和另一个副市长赵忠诚身上，而且令人鼓舞的是，这几年这个城市发生了巨大变化，面貌焕然一新，群众和领导对分管城市建设的我评价都相当高。政绩和口碑就是我的优势。我也通过一些途径印证了坊间的传闻，上面已经基本定调，将由我来挑起A市的重担。赵忠诚也知道自己胜出的机会不多，多次在心腹面前露出了泄气和沮丧。但他是一个坦荡的人，在县里就跟我同事过，跟我的关系不错，前几天还到我办公室跟我聊天，非常真诚地说做好了当我副手的准备。我有些感动。然而，形势急转直下，天崩地塌像梦一般。事到如今，但我还是想听听民间人士对衙门鞭辟入里的分析。

“照我分析，如不出意外，司图森稳操胜券。”

“为什么？”我精神一振，却很快便被一阵汹涌而来的悲凉所取代。

他却戛然而止，没有往下说，转而谈他从事国际贸易的成败和甜酸苦辣以及周旋于东南亚各国官场的心得体会。我不得不对这个散发着狐臭味的家伙刮目相看，并产生了信任。当我小心翼翼地试探着请他想办法通过不正常渠道带我出境时，他仗义地拍着胸膛，满口答应，并把嘴巴凑到我的耳边悄声地说：

“我早就看出来，你就是司图森！”

阴森，得意，神秘。四周坐满了身份不明的乘客。我惊慌失措。但他稳住了我：“其实，我也不是什么好东西，我的真正职业是蛇头。我们是一丘之貉。”

整个车厢里塞满了像夜色一样浓烈的狐臭。我比一个自以为高明的罪犯被警察识破还垂头丧气。原形毕露。瓮中之鳖。蛇头似乎是有点后悔揭露了我的身份，压着声音说了很多让我对他深信不疑的话。

“这个世界上，除了我，不会有第二个人知道司图森出逃！”

最后我确实相信了他。除了相信他，我还能怎么办？

“你不必知道我的名字，”蛇头说，“别人叫我臭卵，你也可以这样叫。名字虽然难听，但我做过很多好事。”

黑狗是从上海跟我们一起走的。也是巢湖人。他刚刚从美容院里出来，表情痛苦，却有点得意。

“上个月 A 城星湖花园出了一单命案，公安局查到真凶了。”臭卵说，“告诉你也无妨，是黑狗干的。因此，我们都不是好人，谁也不要嫌弃谁。”

我没有嫌弃谁的意思，即使跟猪在一起也不要紧，只想快点离开险境。但和一个杀过人的人为伍，浑身不是滋味，总是觉得他的手上还沾着血，他的瞳孔里还留着死者惊恐的影像。因此他伸手过来，我没有跟他握，甚至没有正眼看过他。我们在上海换了十一次的士，绕了七八个圈子，好像是要摆脱什么似的。快半夜了，臭卵才神秘兮兮地把我们带到一个弄堂的小旅馆。三个人挤在一起。身边躺着一个杀人犯，我怎么也睡不着。黑狗也睡不着。我看得出来他是心情紧张。

“我去找个鸡来。”黑狗突然从床上跳起来，“你们要不要？”

本来已经睡着了的臭卵被惊醒，你说什么呀？都几点了？

黑狗说，我睡不着，我要嫖娼。

臭卵责备说，你就不怕出事？

黑狗狠狠地擂了一拳床板，出事好，出事就不用逃了！

臭卵妥协了，干笑着说，不过，在上海，嫖娼，警察是不管的。

黑狗开灯找鞋。臭卵推了我一下。我说，我没有兴趣。

臭卵对黑狗说，那……你也帮我带一个吧。

我只好起来，穿上衣服，到阳台外躲避。

阳台破破烂烂的，下面是一条杂乱的小巷，对面是高楼的屁股，但也不影响我看夜景。这一切是宁静的。但宁静很快被两个女人的到来打破。她们嬉笑着嘲笑旅馆的破旧和简陋。关了灯，接着便是男女交配的混乱。我不愿回头看一眼，要把目光放得远远的，但沮丧的是，高楼挡住了我的视线，耳朵里一下子塞满着淫荡的声音。

好不容易等那种声音都结束，世界又恢复了宁静。我想好好睡一觉。

“妈的，谁的皮箱？差点绊倒老娘了。”一个鸡狠狠地说并用力踢了一脚箱子。

我大惊，转身破门而入，把两个来不及穿衣服的女人吓得惊叫起来。

“箱子是我的，谁也别动！”我厉声叱喝，一把把箱子抱到怀里。像抢回我的命。

臭卵和黑狗被惊呆了。两个女人慌乱地穿上衣服，夺门而去。

箱子本来不是我的。是两个月前一个房地产商趁我喝得半醉送我回家的时候硬塞给我的，就放在我的车上。他嘴里也喷着酒气对我说，市长，非常感谢你对我公司的大力支持。我糊里糊涂的，但遇到这种事情还能保持一贯的警惕。我说，支持你们是我的工作，你把这东西拿走，你不能陷我于不义……

“这本来就属于你的……”

我推托着，你想干什么我知道，但我不能这样，你拿走吧。

可是，他硬是要把箱子留下来。推扯间我累了，说到底是晕了，最后连箱子也拿不起来。

第二天，我打开车库，打开车门，箱子还在车的后排座位上。这是一个黑色的嵌着金属边的崭新的真皮旅行箱，看起来庄重、大方、气派。拎了一下，沉甸甸的。我意识到，肯定是一箱子钱，掂量掂量，至少也有一百万。我慌了。从没那样慌过。在此之前，我以廉洁闻名，也是得到重用的原因之一。但我像许多清官一样经济拮据，我的意思是说，跟那些富裕阶层相比，跟那些官职比我小却比我富足得多的人相比，我很寒酸。因此，我过得很矛盾，底气不足，信念经常动摇。在车库里犹豫了很久，像大多数贪官的第一次那样经历了长时间的剧烈的思想斗争，我终于说服了自己。我告诉自己，这是第一次，也将是最后一次。但我不敢把箱子拿回家，甚至不敢打开箱子看一眼，生怕白花花的钞票使我的内心和我的家庭同时陷入慌乱。最后，我把它扔到车库的杂物堆里，每天回来都心惊胆战地瞧它一眼。它在杂物堆里熠熠发光，我却不敢去碰它，仿佛它是一颗定时炸弹，只要轻轻一碰，它就会爆炸。直到现在，我也没有打开过箱子，并不仅仅是因为我不知道它的密码。

我曾经想过，把箱子还给那个房地产商，让自己回到过去那种安贫乐道的平静生活。但总下不了决心。它是一个魔箱，它装着另一个世界。诱惑力实在太大了。因为有了这笔钱，我的家庭将生活得前所未有的从容、宽松，无论世道如何变幻我也稳坐钓鱼船。而且，那个房地产商的关系在安徽根深蒂固，做事情踏踏实实，出不了大问题。何况，这点钱，和我一直以来为他所作的努力相比，远远不成正比，如果按市场规律，我应该得到更多。因此，留下这个箱子，应该心安理得。我的侥幸心理一次又一次错过了为自己保持清白的机会，直到前两天，妻子严肃地质问我，社会上有关于我腐败的传闻，是不是真的？你可不要为几个臭钱弄得身败名裂，还让我们母女抬不起头来做人啊！妻子的质问如醍醐灌顶、惊天迅雷，我心里一慌，那一刻，我才下决心，把箱子退回给那房地产商。那天我本来就是要去办这件事的。可是，竟然来不及了。

……

火光里，格桑脱去身上的棉袄，把它轻轻地盖在小母马的身上，轻轻地抚摸着它的头，还把马嘴拉进她的怀里。小母马轻轻地摆脱了她，朝她的臭子轻轻地舔了一口。格桑笑了笑，走出小石屋，一会便听到她轻轻地哼起了一支又一支的小谣曲，自然、舒畅、悠扬，略显忧伤。听不懂内容，但听得出是简单词句的轮回反复、一咏三叹。小歌谣的旋律很美，像山峦和天空交汇处的弧线；很轻，轻得像雪花飘在空中；安谧静和，像小夜曲那样。逃亡十几天来，第一次享受到如此美好的天籁之音，开始时，我不禁坐起来，专注地倾听她的吟唱，后来不知不觉地站起来走到了她的身边。

外面是白茫茫的，大地像白昼一样明亮。雪停止下了，甚至山顶上挂着一弯钩月。

格桑看着远处，有节奏地挥动着沾满了雪花的马鞭，她的歌声是为一个诗的世界配上的乐曲。我禁不住轻叹一声。格桑戛然而止。

“你唱得真好。”我由衷地赞叹。

格桑笑了笑，你看，通往边境的路已经被雪覆盖了。

我想踏出去试探一下雪究竟有多厚。格桑用马鞭轻轻地拦住我：

“你一踏出去，就玷污那雪了。”多洁白多纯净的雪！

我暗吃一惊。这小姑娘什么意思？我注意到了，我的皮鞋已经出现多处裂口，还沾满了污泥，连衣服也脏兮兮的——我都好多天不换衣服了。在格桑的眼里，我肯定显得滑稽和猥琐。

“看得出来，你跟他们两个不一样。三个差别那么大的人怎么会一起旅行呢？他们连歌都不会听，能看得见风景吗？”格桑说。说罢自己笑了起来，像跟自己开了一个玩笑。

我说，格桑，你真像我家的小姑娘——我的女儿，她嘴巴像小鸡似的，经常啄人。

格桑收起笑容，你女儿也会唱歌吗？

我说，没你唱得好，不过她琴弹得不错，演奏肖邦的小夜曲得过奖。

格桑沉默不语。我意识到我刚刚流露出来的自豪感可能刺伤了她，“我女儿比不上你，她连真正的马也没见过”。

格桑说，你真该让她见识见识真正的马。

我说，我答应了她，下个周末带她去一个马场骑马的……

格桑把马鞭上的雪抖掉，然后收起来：“其实，今天也不算坏天气，你看，雪下得多好。”

还不等我回答，她已经转身进屋。等我进屋，她已经倚靠在小母马身边轻轻地睡去。柴火还窸窣地燃烧，屋子里暖和得像一个家。臭卵和黑狗围着火堆熟睡，鼾声交替响着。只有马是醒着的，它和它的主人紧紧地偎依在一起。

黎明的时候，是马首先把我拱醒。我猛一翻身，发现头枕着的箱子不见了，取而代之的是黑狗的行李包。被调包了！我惊叫着到处找箱子。臭卵和黑狗已经不知去向。格桑爬起来。我们走到屋外，只看到一行崭新的足印一直往边境延伸。

“他们还走不远。”格桑说，“他们怎么会扔下你不管呢？”

我焦急地拉过小母马，不顾格桑的阻拦，要跨上马去追那两个混蛋。

但马把我从马背上抖了下来。我重重地摔在雪地里，右腿还崴了，痛得动弹不得。估计是折了。格桑扶我起来，让我坐到石屋的门槛上：“你不要欺负马矮小，它的脾气可大呢。”

我束手无策，近乎绝望。

“我不能让他们偷走我的箱子！”我声嘶力竭地说。逃亡十几天来我的精神虽然极度紧张但还不至于崩溃，是因为箱子还在，现在，一无所有，我真要疯了。

“格桑，你能不能帮我追回那个箱子？”近乎乞求。对一个比女儿大不了多少的小姑娘寄予天大的希望，我觉得自己窝囊透顶，一辈子也没有过如此厚颜无耻。

“他们过不了野狼崖。”格桑自信地说，“他们找不到通过野狼崖的小路，雪把它覆盖了，除了我，你们都摸不准它的位置。”

我知道野狼崖。臭卵说过。很险。只有一条小路通过。

“我父亲就是从野狼崖掉下去的。雪欺骗了他，连他也认不出路来。”格桑说，“所以，我比谁都熟悉那条路，我不会跟父亲死在同一个地方。”

我将信将疑。格桑说，我去把你的箱子要回来。

一个小姑娘，即使跟上他们两个亡命之徒，也要不回来那箱子呀，弄不好还有危险。但我竟然自私而狠心地默许格桑，让她骑着她的小母马循着臭卵、黑狗的足迹追赶。而我，只能绝望、悲凉、无助地呆坐在门槛上，孤零零的，忍受着大腿骨折的钻心的疼痛，看着格桑瘦小的身躯和小母马一起消失在雪的尽头。

我管不了那么多了，想冒险给家里打个电话。妻子和女儿也许还没起床。但手机早已经没有电池。我狠狠地把手机砸在雪地里。一只老鹰从山顶掠过，发出一声低鸣。我开始悔恨，一个人捶胸顿足，用最恶毒的话咒骂自己，最后在这个空旷的山谷里号啕大哭。我想，那时候我已经彻底崩溃。

然而，奇迹像海市蜃楼般出现。格桑出现在视线的尽头，慢慢地清晰，马背上，除了格桑，还有一只箱子。毫无疑问，那是我的箱子。她居然追回来那只箱子！

格桑跳下马来，衣服已经沾满污泥。箱子也脏兮兮的，她用衣服去擦拭，箱子更脏了。我试图站起来迎接箱子，但右腿根本无法动弹。格桑把箱子送到我的面前。我先是掂量了一下，还是沉甸甸的，赶紧查看。锁被撬坏了，肯定被打开过了。

“他们把箱子扔到了路上。”格桑说。

我赶紧打开箱子，傻了眼。里面全是衣服，我的衣服。一套黑色旧西装。一件灰色羊毛衫。一套花白色丝绒睡衣。一本《欧洲城市史》。一只橘色飞利浦剃须刀。衣服散发着我的气味，书上密密麻麻地写满了我的阅读随想，剃须刀里还残留着我的坚硬的胡须。这确实是我自己的东西，怎么会跑到箱子里去呢？我冷静地想，终于想起来了，这只箱子不是什么房地产商送的，是妻子给我买的，那天她知道我要出差了，便帮我收拾好衣物放在箱子里，还把它放到了我的车上，似乎她还叮嘱过我，箱子的锁密码是我手机号码的后六位数字！后来由于特殊原因取消出差，那箱子就一直搁在车上。出逃前，有一天妻子还有意无意地问起，箱子呢？我以为她察觉我“受贿”，心里不禁一慌，正好手机响了，我转身接听电话，轻轻地掩饰过去。

我竟然提着自己的箱子仓皇逃窜！我真疯了！

格桑看到我破涕为笑，也自豪地笑了：“我早就看出来，他们两个不是游客，不是什么好东西，你就不应该跟他们一起。”

我拉着格桑的手，不知道说什么，竟一把将她拉倒在我的怀里，紧紧地抱住她，泪水哗啦地流到她的脸上，并很快凝结成薄薄的冰片。

我就经常这样抱着女儿，甜蜜蜜的，有时通宵达旦。

……

后来。格桑把我扶上了小母马。我伏在马背上，她轻轻地挥动着马鞭，吟唱起我已经熟悉的小谣曲，我们像一对相依为命的父女，行走在回家的路上。

后来，真相查明。事情简单、幼稚得令人难以置信和羞于启齿。那天打电话给我叫我“快逃”的人并非检察院的同学，而正是臭卵！赵忠诚才是这一切的背后策划者。臭卵和黑狗都没有逃脱，在边境被边防战士抓获。黑狗根本没有杀过人，他犯过最大的罪行是欺骗过十三个女人上床，他最大的梦想就是到周游全国；臭卵也不是做国际贸易的，更不是什么蛇头，他只是A市一个的小混混，多年前在国有机械厂干过维修工，去年曾经为赵忠诚修理过热水器和煤气炉，因为和赵的老婆同一姓氏而暗称赵为姐夫。

现在，我还在A市，已经成为一市之长，人们茶余饭后虽然常常拿我的荒唐故事作为取乐的谈资，但碰面的时候他们都亲切地称我为司图市长，并且没有一点鄙薄的意思。

送我去樟树镇

挂掉母亲的电话，来不及撒掉胀痛了膀胱的尿，我便习惯性地往楼下冲，打开车库门，开着车往老家跑。整个动作纯属本能反应，连贯、果断，一气呵成，根本不需要思考和准备。好像是，我时刻都在为父亲的去世作准备，一年或者许多年都是这样，早已经训练有素。

出了闹市区才意识到这是一个糟糕透顶的天气。暴雨如注，狂风大作，天地间漆黑一团。本以为这样的天气高速公路会关闭，但为车进出的关卡敞开着，收费站的姑娘表情冰冷而僵硬，使得我再一次怀疑自己的长相是不是过于丑陋和猥琐。上了高速公路后，我发现，这个夜晚，在这个世界上只有我一个人在赶路。前方、后方都难得见到车辆，漆黑、寂寥、阴森的高速公路只有我的车发出的一点微不足道的亮光和声响。雨刷器的摆速无法满足驱雨的需要，车子仿佛是在大海里航行。闪电从远处深邃的夜空里扑面而来，每闪一次都送我一个激灵。这样的夜晚令我胆寒。但母亲在电话里说，儿子，你爸还剩下最后一口气，就想看你最后一眼。母亲用哀求的语气保证：这一次是真的。

我冒险加快了车速。车仪表上显示，时间已经是夜里十一点五十分。风似乎慢慢温顺起来，但横斜倾注过来的雨越来越大了。我担心的是，雨把车的玻璃窗打碎了，或车子不合时宜地抛锚在孤寂无援的路上。回家的路有三百公里。幸好油箱里的油是满的。外面喧嚣，车里却是寂静的，夜路漫漫，我开始习惯性地胡思乱想。公司纷繁复杂的人事，儿子的英语成绩，那些行进在青藏高原的驴友，一个月前和前妻的一次友好愉快的交流，汶川地震,《午夜凶铃》，前列腺炎，风华绝代的赫本，浩瀚神秘的宇宙深处，一场酣畅淋漓的性爱，索然无味的中年生活，随时随地都可能终结的生命……只有一个人开车的时候才有那么多时间让我漫无边际地思考。这些思考绝大部分毫无价值，但生理上需要。

胡思乱想后，我的心理上往往会出现一种情况，就是觉得这个世界什么都不重要，什么都无所谓。心里不再焦虑、烦躁和惆怅，而变得宁静而超脱。于是，父亲的生死一下子变得并不重要，母亲的哀求也无足挂齿，我仓皇夜奔更显得矫情。我父亲一直是一个小角色，言而无信、五毒俱全。二十年前他醉酒打断了我母亲的腰椎，使她至今直不起身子。从小他对我除了没完没了的毒打再也没有其他，对我的生死前途不闻不问。我对世界任何一个男人都能产生感情，唯独除了我父亲。我和他之间仿佛没有任何瓜葛。父亲在我的脑海里只是一个概念，跟股票、房价、GDP、UFO 一样。十多年来，他一直走往黄泉路上，但这段路比任何路都漫长，期间无数次差点死于醉酒或跌跤，但每次都奇迹般地化险为夷，使母亲转悲为喜。所谓的父亲想见我最后一眼也是母亲的杜撰。没完没了。我每次回去都以为是奔丧，或是例行见他最后一面。但每次都事与愿违。尽管如此，我还是乐此不疲地服从母亲的哀求，对一个“概念”尽人道义务。然而，此时我没有了焦急，对大雨熟视无睹，也不害怕闪电了，在离家还有一半路程，车速不知不觉地慢了下来，我慢悠悠地游荡地高速公路上，想找点事情解闷。突然想起了高度可疑的妻子。她应该还躺在沙发上看像高速公路一样没有尽头的韩国剧，一条腿伸在茶几上，另一条腿架在沙发的靠背，睡裙倒滑到了腰部，红色底裤一览无余。放慢车速，想给她打一个电话，但这才发现我的手机没有带在身上。没有了手机，仿佛被世界抛弃，与世隔绝，我会紧张、慌乱、失魂落魄，发疯地叨唠着手机，去年我出了一次车祸，就是忘记带手机而心神不宁甚至神经错乱所致。手机已经成为我身体的重要组成部分，须臾不可或缺，它不在我身上，我就会有危险。妻子早就说，这是一种病，而我病得不轻。出门的时候妻子追着我喊，但我根本无心听她说任何一句话，厌烦地回头朝她吼叫了一声，让她闭嘴！我这才想起，她肯定是在告诉我，我的手机落在家里了。我对她的任何言行举止都厌烦。我不知道为什么对她那么厌烦。我至今想不明白怎么跟她生活到了一起，我的前妻怎么突然跟我离了，我的父亲为什么经常死而复生，甚至我想不起我现在是怎么会奔驰在深夜的高速公路上。我的生活充满了诡异。

同样充满了诡异的是高速公路。路的两旁都是荒山野岭，茂盛的漆黑藏匿着令人惊悚的隐秘，好像是路的前方和身后有什么力量在监视着我。一个多小时了，高速公路上看不到别的车在跑。我的车往没有尽头的黑暗开去。巨大的黑暗将我吞噬掉。我抓方向盘的双手时常颤抖。我的心里还是害怕。我见到了路牌上的很多地名，很多，知名的和不知名的，说明我在前进、奔跑。我想撒尿，实在憋不住了，想找个地方撒尿。于是我把车缓缓地开到路边，撑雨伞把尿撒了，还长长地舒了一口气。转身要上车的时候，我朝汽车的灯光的末梢看去，无意看到前方的路旁靠防护栏处站着一个人！灯光很弱，一个闪电增加了亮度。这样我可以看清，确实是一个人。

一个女人瑟缩地站立在雨中，穿黑色裙子，白色衬衫，没有雨具，雨水直接打在她身上，长发遮挡了她半边脸。我被吓得惊叫起来。脑子里首先想到了鬼。我惊恐地退缩，迅速钻进车内，把车门反锁，然后深吸一口气，抬眼再看，那女人仍然站在原地，她朝我这边看过来。我浑身冒着冷汗，双手和腿都禁不住颤抖，但车还是开动了。我没有加大油门一溜而逃，而是缓慢地向前。我突然觉得应该看一看鬼到底长得怎么样。我忐忑不安又小心翼翼地靠近那个女人，并用车灯照着她。她迎着灯光向我看过来。一张俊俏而又同样惊恐的脸。

我捂了一下喇叭。女人直了直腰，理了理头发。她的嘴唇发黑，苍白的脸上竟挂着诡异的微笑，好像对我不屑一顾，又好像对我早已经了如指掌，在此已等候多时。她没有躲避，更没有突然化作一缕黑烟而去，只是将脸稍稍在侧过去，避开了车灯。不知道是什么原因，我对这个疑似女鬼忽然有了兴趣。我犹豫着亦步亦趋地慢慢地靠近她。

在离女人不到两米的地方，我把车停靠到了紧急停车线外。但不敢马上开门或开窗面对她。我在车内犹豫不决。女人也没有主动向我走过来，甚至一动不动的，脸色苍白得可怕，但可以看得清楚，她长得十分漂亮，而且年轻，楚楚动人。我宁愿相信她是人而不是鬼。如果她是一个人，为什么在大雨如注的夜晚孤身一人站在前不着村后不着店的荒野？她出了什么状况？她需要我的帮助吗？如果她万一是传说中的鬼，我可不可以会一会她？跟她说话？不管是人是鬼，我的脑海里都盘旋着一个庸俗而让我怦然心动的词：艳遇。毫无疑问，这是一个具有巨大刺激性的邂逅。一个男人的一生需要有一次这样的邂逅。

我甫打开右窗，雨水随即扑了进来。我朝女人叫了一声：喂。

我的声音听起来有些颤抖。女人只是朝我看过来，没有挪动。

“搭车吗？”

女人终于挪动了，跄踉着向车门走过来，迟疑了一下，把湿漉漉的头伸进车窗。那张脸突然变得忧郁、哀伤和可怜。

“送我去樟树镇。”女人喃喃地说。她话说的声音似乎是从肚子里发出来的，很虚弱，很娇柔，也很阴冷，既让人顿生怜悯，也让人毛骨悚然。

可是我并不知道樟树镇。

而且，我不知道她会不会带来危险。我的脑海里掠过很多关于午夜遇鬼的传说，日本恐怖片里的情节……但是，刚才我已经对她说过“搭车吗”，我不能出尔反尔，逃之夭夭。我开门的手伸出去又缩回来，再伸出去再缩回来。

“送我去樟树镇。”女人又说了一遍，语气变成了哀求。

我开了车内的灯，握紧拳头，咬咬牙，打开车门。女人左手抓住车门的把子，右手拎着裙摆，吃力地上车，样子十分费劲。我伸手想拉她。她看了我一眼，把右手给我。她的手像冬天的树枝，冰凉、枯瘦。我拉了她一把。她显得很轻，只需轻轻一拉，她就上了车，在副驾驶座坐下来，并顺手关上了车门。她身上的寒气扑面而来。她赤着脚，浑身湿透，水从她身上流下来。我说，我们去樟树镇。

我开动了车，开了暖气。女人用手捋了捋湿漉漉的毛发。我递给她一条干净的毛巾。她用毛巾擦干了脸上的雨水，露出洁净妩媚的脸。她僵坐着，目光呆滞，因为冷而颤抖着。我把空调开到了最高温。外面依然大雨如注，雷电交加。

“你是人……一个人？”我问。依然有点胆战。

她不回答。

“你怎么会在这里？”我又问。

她仍然不回答。

“你是哪里人？贵姓？”我再问。

她根本没有张嘴说话的意思。

我不知道说什么好。我用眼角斜视着她的神色和举动。我害怕她一下子变成张齿獠牙、面目狰狞的女鬼，向我扑过来，撕咬我，车毁人亡，而警察和世人永远无法知晓这起离奇车祸的真相。我心里越来越害怕，开始后悔让她上车。此时，我希望不断有其他车辆从我身边经过，甚至车水马龙，以此坚定我的判断：这是在人间。

我的愿望果然很快得到满足。从后视镜我看到了身后远远跟着一辆小车，雾灯闪烁着，看起来很急切地赶路。我心里一阵喜悦，但不能让它走到我的前头，我要让它一直跟随着我，保护着我，至少能成为接着可能发生的事情的见证。我开始加速，跟它保持必要的距离。它一加速，我便用力踩踏油门。

“后面的人追杀我！”女人突然蹦了一句。

我以为我听错了。她又重复了一句：“后面的人追杀我！”

我说，是吗？

“送我去樟树镇。”女人说。

我说，我们正往樟树镇的路上。

我打开导航系统，要搜索“樟树镇”。

女人制止我，“一直往前。”

我只好遵命。女人说，你把该死灯关了。她是指她头顶上的灯。我关了。

后面的车追着我跑，看起来真的是气势汹汹地追赶着我。

我又面临着新的危险。我顾不上安危，毅然再加速。它看到我加速，它也加速。

路旁的地名牌不断掠过。突然，我看到了“米范”字样。这是我家乡的地名，它在大雨中显得雪亮。按道理，再过五百米，我就得右转，走往米范的匝道，回家。

我减速。我想应不应该让女人下车。

“送我去樟树镇。”女人说。

后面那辆车快赶上来了，它不断鸣笛示意。

“一直往前走就是樟树镇。”女人说。

我好像被她劫持了。我的良心告诉我，不能见死不救，不能丢下她不管。我必须把她送到樟树镇。

我又加速了。很快，就越过了“米范”，往前驶去。

我专心开车，希望很快就能到达樟树镇，把女人送达安全的地方。

“你家在樟树镇？”我说。

女人沉默不语。她还打着哆嗦。我还能感觉得到她身上发出的阵阵寒气。

十几分钟后，我身后的那辆车没有了踪影。我舒了口气，但又感到失落。刚才它追逐我们到底是为什么？现在为什么放弃了？

“没有人追杀你了。”我说，“也许你多疑了，它根本就不是追杀你的。”

女人还是不作声。但她把手伸向我，当她的手触摸到我的脖子皮肤时，我本能地躲开了，并惊叫了一声。

“你要干什么！”我低吼道。

“我想穿你的衣服，我冷。”女人说。

我身上没有多余的衣服。但她已经将自己身上的衬衣脱了下来，赤裸着上身。黑暗中我不敢正眼看她，但她丰腴的乳房被闪电照亮。她伸手来脱我的上衣。我紧紧地抓着方向盘，但还是自觉配合她脱把我的衣服脱了下来。我的上衣是一件灰色西装。她把它穿到了自己的身上，双手紧紧地抱在胸前。一会，她感觉到了暖和，心情似乎舒畅起来，对我说，“你真是一个好人。”

我小心谨慎地笑了笑。

“本来我已经死了，可是现在又活了过来。”女人说。

我感觉到自己越来越冷，寒气不断从心底冒出来。一个雷鸣将我吓得惊跳起来，抓方向盘的手瞬间不听使唤，车子摆了摆，走了一个“S”。

“你到底害怕什么？”女人问。

我咳嗽了两声，算是回应。

高速公路在荒山野岭中穿行，看不到尽头，且离家越来越远。

“你的车左后轮子瘪了。”女人说。

我感觉到左后轮子可能是出了问题，赶紧减速靠边停下，下车检查左后轮子。

依然是荒山野岭地带，四周一团漆黑，巨大高耸的山峦连闪电的光都给遮挡住了。如果车子在这荒无人烟的地方抛锚，我将绝望透顶。

幸好，轮子正常，没有瘪。我上车，抓紧时间继续行驶。我开得更快。轮子下的水声很美妙。闪电很美妙。空荡荡的高速公路很美妙。我感觉到自己很美妙。高速公路无穷无尽，但樟树镇总会到达的。我希望是，到了樟树镇，女人把我留下来，在她家洗一个热水澡，她也洗一个热水澡。我们穿着干净的衣服坐在客厅里聊聊天，等到天亮，我便向她告别。她依依不舍地给我一个感激的拥抱，然后我调头赶回米范，看父亲死了没有——他死了还是活着其实都不重要。

"你认得樟树镇吗？"我问女人。

女人不回答。

"你家在樟树镇？"

女人还是不回答。

"樟树镇还有多远？"

女人不作声。

我正眼看一下，不禁大吃一惊：女人不见了，副驾驶的位置空荡荡的。她去了哪里？我赶紧开了车内灯，后排也没有人影。再仔细瞧了瞧，副驾驶位置上只有我的西服，她的衬衣也不见了。

她莫明其妙地消失了！她肯定是在我检查轮子的时候"逃"了。但那是荒无人烟的险恶之地，她为什么要逃离我的车？她究竟想什么？

我顿时懵了。我想回头找她，但此时已经离彼地已经十几公里，何况我也找不到调头的路口。我只好一直往前。

我暗下决心，一定要到达樟树镇。

我仔细注意路牌。我相信樟树镇很快就到。但又行走了半个多小时，仍然看不到樟树镇。我打开导航仪，可是导航仪找不到樟树镇。我终于看到了前方有亮光，那是服务站。我把车开进了服务站。服务站空荡荡，好不容易才看到一个中年男人从厕所里出来。他是服务站的工作人员。

我上前问："此去樟树镇还有多远?"

"什么樟树镇? 没听说过。"他回答说，"我是南广高速公路的活地图，我的地图里没有樟树镇。"

"确定吗?"我说。

"世界上根本就没有樟树镇!"他肯定地说。我对他权威的质疑引起了他的不快，"要是不信，你尽管往前跑好了!"

我心里早已经相信他的话。但我继续往前跑，因为只能往前跑。终于在一个叫谷地的地方找到了调头的机会。并在黎明之前赶回到了米范。到家的时候，哥哥提醒我，父亲在一年前就去世了。

我想起来了，父亲确实是在一年前就死了。母亲是老糊涂了，她每隔一段时间总以父亲濒临死亡为由让儿子赶回去。她是想见儿子了。

我也彻底糊涂了。

在母亲的身旁，我悻悻地睡了一觉。第二天中午，我返回城里。在路上，从收音机里我听到了一条似乎与自己有关的报道：昨夜南广高速公路广西境内发生了一起交通事故，一名女子驱车两百多公里给丈夫送手机，在米范与谷地之间一个荒无人烟的路段，一个裸走的女精神病人从路旁边突然窜出来试图拦车，驾车女子受到惊吓，车撞上了公路护栏，翻到了路边的山沟。所幸的是，两个女子都只是受了轻伤，目前正在医院接受治疗。

此时，阳光明媚，高速公路亮晶晶的，生机勃勃，我庆幸自己是车水马龙中的一员。

把世界分成两半

我的父亲是一个怯懦的人，逆来顺受，胆小如鼠，但并不妨碍他成为一个出色的空头理论家。换句话说，淘尽黄沙始到金，从那些夹杂着小心翼翼的牢骚和信口雌黄的废话中也能提炼出一些似是而非的道理来，甚至有些还闪烁着朴素的唯物辩证法的光芒。比如最为人所知的是他的“两半论”。伟人把世界划分为“三个世界”，他别出心裁地把世界分成两半，进而把任何东西都能分成两半。比方说：世界可分成黑夜和白天，白天可分为晴天和雨天；人可以分为死人和活人，活人可以分成农民和非农；农民种出来的粮食可以分成自家口粮和交给粮所的国家粮，国家粮可以分成公粮和购粮……但有人故意反驳说，阙猴你说得不对，世界不是分成两半的，因为晴天比雨天多，死了的人比活人多，农民比非农多，国家粮比自家口粮多，购粮比公粮多，最显而易见的是，白天和黑夜并不都一样长……阙猴就是我父亲，由于他觉得自己的理论还千疮百孔、百废待举，这时候便常常嘴拙，但依然强词夺理：这个世界就是分成两半的，信不信由你，反正到死那天你总会弄明白的。

我听明白这句话的意思的时候已经是 1988 年的夏天。

这里的一切每况愈下。我家的粮仓已经空荡荡的，连老鼠都搬迁到别的地方去了，一家人喝着稀粥，我还没放下碗筷便暗地里叫饿。我说，妈，农忙太累，能不能吃上干饭呀？母亲说，忍一下吧，很快就会好起来。本来我们不应窘迫到这个地步，但去年晚造无处不在的福寿螺把水稻啃光了。祸不单行的是，从镇上传来了米价不断上扬的消息，甚至一天之内变动多次。在供销社上班的阙开来晚上回来首先告诉人们的是，米价比中午又上涨了两毛，粮所的碾米机日夜不停地碾米，还加强了警戒，怕被偷抢，但粮所的米大部分是运往城市供不种田的人吃的，我们买不到。那些抓着不多的钞票还在等待观望的人慢慢坐不住了，因为早上还能买一百斤米的钱到了下午只能买八十斤了。“米价像产妇的奶子——胀（涨）得要紧。”男人们说。其实不止米价，其他商品的价格也迎风飘扬，一路飙升。为了节约，母亲洗干净擦台布重新作洗脸巾用，父亲刷牙不用牙膏了，村里的妇女甚至不敢奢用卫生巾而翻箱倒柜找出弃置多年的可以重复使用的卫生带。接踵而至的便是饥饿，村里的每家每户都把粮仓的粮食看得比金子还珍贵，谁也不愿意把仅存的一点口粮借给别人。老人们更是想到了相去并不久远的大饥荒，甚至坚信这样的饥荒每隔多少年便要出现一次，像瘟疫的出现一样，这是轮回，是自然规律，是上天的安排，是天灾人祸，是躲不过去的劫难。按父亲的理论，世界可以分为饥荒和温饱两半，人只能一会站在这边一会站在另一边。饥荒是一把杀人刀，到了万不得已的时候，还得易子而食。由于老人们的危言耸听，人们内心便有了隐隐约约的惊慌，从每餐做干饭改为稀饭，稀饭再加多一点的水，或掺杂些红薯青菜，总之尽量节省一些米，那些猪、狗、鸡越来越难吃到米，日渐消瘦了。村里的人都说，到了夏天就好了，因为春天的时候风调雨顺的，水稻长得不错。我家有六亩地，村里最多田地的一户，因为阙胜的三亩水田转包给我家了，除了代阙胜缴纳公购粮外，一年内还得给他五百斤干谷。父亲以为能从阙胜的田里赚到好几百斤的稻谷，但一场病虫害毁灭了父亲的希望。春天一结束，稻田里发生了一场来历不明的病虫害，农业站还来不及找到合适的农药，村里的水稻便连片枯萎，取而代之的是旺盛的像蒜苗一样的杂草，贪婪地消耗着田里剩余的养分。这种病能传染，附近的村也出现了这种情况，人们束手无策，眼睁睁地看着一块块的禾苗枯萎地里。到了稻熟时节，人们手执镰刀站在田埂上怨声载道，因为稻谷大多是秕的，那枯死稻苗没有一丝味道，连牛也不愿意吃。因此，这个夏天是我听到的最多诅咒和叹息的一个夏天。在这个漫长的夏季里，父亲饿着肚皮无数次发表了自己对世界的看法，观点大同小异，却一次比一次激愤：

“世界是分成两半的。一半是死了的人，另一半是将要死的人。”

那时候，我们在稻田里收割。太阳把刀子插满了我的背脊，血淋淋的。催交国家粮的高音喇叭回荡在每一个旮旯和角落，喋喋不休的像午夜里的狗吠。我们手中的镰刀挥得快而有力。干部李渊从田埂上走过，直着身子向父亲打了一声招呼，并指了指山腰上的喇叭。父亲唯唯诺诺地说，我明白了，等稻谷一晒干我就送去，决不拖后腿。干部李渊觉得满意，也就不说什么，走到另一户的田头去了。

父亲的嘴巴对着泥土说干部李渊："他就是把世界分成两半的人。"

父亲最后又说："其实，每一个人都可以把世界分成两半。我也能。"

境况继续恶化。当我们把稻谷收割完毕一边叹息减产一边埋怨谷子越晒越少的时候，卧榻两年的祖父终于艰难地合上了双眼，为了安葬他，父亲要卖掉在我家生活了近三十年的老水牛。祖父弥留之际，对世事早已经漠不关心，自然不知道米价比他的年龄还高，差不多忘掉了全部的亲朋好友，甚至淡忘了最平常的日出日落，叨唠最多的是老水牛。

"阙猴，你究竟有没有虐待你叔……"

"阙猴，你是不是还让你叔一天翻一亩的地？"

"阙猴，你怎么不舍得每天喂你叔一只鸡蛋？"

"阙猴，我死后你不能遗弃你叔……把一个好端端的家分成两半。"

"阙猴，我死后他就是你爹，即使不干活你也要一日三餐孝敬他，让他吃好穿暖不被别的牲畜瞧不起。"

祖父早就把老水牛当成了他的兄弟，现在父亲要把他的兄弟卖掉，却不敢走近躺在堂屋地板上的祖父请示，生怕祖父突然张开眼睛甩手给他一记耳光。

“阙猴，你真要把你叔叔卖掉?”祖父尸骨未寒，父亲便暴露了他的近似冷漠的叛逆，有人看不惯质问他，还谴责他，“阙缝死不瞑目啊”。

阙缝就是我祖父。生前在村里的威信很高，因此老水牛的声望也很高。

父亲没有理会那些站着说话不腰疼的风言冷语，琢磨着怎样才能卖个好价钱。他照例把世界划分为买牛的和不买牛的两部分，然后竭尽全力向那些口袋里尚有余钱又需要买牛的人说，我家的水牛虽然上了一些年纪，但一天还能翻一亩的地，干起活来比两匹马还快，吃得比一头猪还少，重要的是它像一个老家奴，任劳任怨，比你们家的老婆还要忠诚。为了证明其所言不虚，父亲让老牛把最坚硬的旱地翻过来。已是风烛残年的老水牛为了表达对主人的忠诚，夸张地向旁观者展示了松松垮垮但尚有弹性的肌肉，用尽了身上每一个角落的力气，甚至眼泪都用上了。它的表演堪称完美无缺，一块块完整的土地被翻成了无数的两半，一天下来翻了一亩半的水田，田埂四周响了蛙鸣似的惊叹。父亲像稀宝拍卖会上的拍卖师，高高地扬起牛鞭，信心百倍地等待买家的竞相出价。但除了屠夫老宋再也没有谁愿意领走这头行将就木的牲畜。父亲与其说不忍心让屠刀插进老水牛的脖子，倒不如说是害怕尚不走远的祖父的亡灵，只好把它留下来。母亲承诺以卖粮款和晚稻的谷子作为偿还，借尽了附近村庄，总算筹到了一笔小款，草草把祖父埋到了离地面三尺的土穴里。

父亲说，祖父的葬礼本来可以搞得更体面一些。我知道父亲的言外之意，他埋怨老水牛。每天早晨，我们总要把老水牛从封闭窄小的牛屋子拉到槐树下的牛栏去，有空的时候就拉它到河边吃草，没空就打发它一扎稻草。那天没被卖出去，好像受了奇耻大辱，第二天老水牛就躲在牛棚里不愿意出来见人，我拉它，它却逆着和我较劲；赶它出去，它却在屋子里打转，百般刁难，就是不肯出门。对于温顺、老成持重的老水牛来说，这是大大的反常。为祖父举行法会那晚，老水牛听到了喧闹的唢呐声和沉郁感伤的《大悲咒》，我们都听到了它嘶哑的悲鸣。此后，老水牛更加不愿意离开那昏暗的屋子。祖父还没病倒的时候，虽年过八十还下田干活，何况一头牛乎？我要强行拉它出门，因为还靠它耘田。父亲说，由着它，或许它心里也难过。

来不及扑灭内心的哀伤，我们赶紧把谷子晒干风好，早一点运到粮所去，因为早一点，得到的奖赏（化肥）会多一点。这一造的收获比预想中的还差，母亲一边称着谷子一边唉声叹气，父亲也愁眉苦脸的，我们都恨不得到田里重新收割一次。父亲计算了一下，要把几乎所有的谷子全搭上才够交给粮所。母亲犹豫了一下，要不，留下多一点的口粮，晚造再补交一点。父亲断然拒绝了这个意见，冬季差不多有一年那么长，晚稻的谷子是用来过冬的，而且晚造交粮一点奖励也休想得到……因此，我们连夜把最好的谷子装进麻袋子，第二天天还没有亮，便把谷子装上老金的拖拉机。我们向粮所进发的“哒哒”声压过了屠户老宋杀猪的惨叫。

那天往老金拖拉机上装谷子的时候，我家的老水牛从牛栏里看见了。这一天，老水牛愿意从牛屋子里出来，我想它可能需要阳光了，就拉它到牛栏里去，但看上去它并不高兴，像一个在别人面前抬不起头的孩子。往年运粮去镇上都是用牛车，来回两趟就可以。这一次，父亲觉得谷子太多，牛太老弱，就雇请了老金。我看得出来，老水牛很失落，眼眶里满是泪水。我提醒过父亲，目的是请他考虑让老水牛分担一部分运粮的重担。父亲瞧了一眼老水牛，丢下了一句：

“世界上的牲畜也是可以分为两半的，一半是能干活的，一半是不能干活的。”

我觉得父亲是说给老水牛听的，特别刺耳。我父亲就是这样的人，语言比内心更为强大。

那天，比我们早到的运粮车已经在粮所门外排成长龙，一直排到了电影院。我们就在一张破旧的电影海报前等待粮所开门。父亲每隔十来分钟便到前面去看一下，太阳快升起来的时候，粮所的门终于打开了，因为镇上所有的门都打开了。一个工作人员顺着门口往队伍后面发牌号，吆喝着“按照牌号次序进来”。我们的运粮车是第三十二号。那是一个遥遥无期的数字。父亲坐在高高的粮食上面说，你们能不能把粮仓分成两半？一半收别人的粮谷，一半收我家的粮谷。发牌号的工作人员问，天下那么多的粮仓，怎么才能分成两半？父亲强装笑脸说，我也不明白。

父亲快要睡着的时候，突然觉得脸上有水。搓了搓眼眶，没有泪水呀。

“下雨了。”父亲恍然大悟，俯视着我们，嘶叫着。

是下雨了。越来越大。我们没有雨具。断然想不到一直晴朗的天会在这个时候下雨。父亲在车顶命令我们找雨具，能遮盖粮包的任何东西。我们仓皇失措，去恳求店铺的人借。但他们也在找雨具。我撕下一张旧电影海报，揉成一团扔给父亲。父亲骂道，一个女人顶屁用！海报上是他所不认识的刘晓庆。

母亲好歹从碾米房的一个熟人那里借来了一张千疮百孔的薄膜，盖住了谷子。父亲这才发现，一街之隔的天竟没有下雨，地面一滴水也没有，阳光比春天明媚。

“你们看，世界是分成两半的，一半下雨，一半不下雨。同一个娘操出来两个天！”父亲居高临下，似乎真理只掌握在他的手里，对着熙熙攘攘的大街大呼小叫。老金突然开动拖拉机，父亲打了一个趔趄，差点从谷堆上掉下来。

晌午，我们的拖拉机开进了粮所。先是检验员用一根带钩子的铁杆任意往袋子里插，带出来数颗谷子，放到嘴里嗑。父亲像奴才一样弓着腰，扭曲着脖子笑眯眯地看着检验员的嘴。检验员的脸皮轻轻一皱，吐出几块谷壳：

“你的谷没晒干，你怎么能把水当谷子欺骗国家？”

父亲慌慌张张地说，谷子是干了的，你看我的牙齿，就是让这些谷子嗑崩了的。

据我所知，父亲的那颗门牙是去年不小心碰到了牛角尖碰崩的。

“不要啰唆，趁太阳还在你们赶紧晒……”

父亲再要争辩的时候，检验员已经走了。我们赶紧把谷子卸下来，找了一个空旷一点的地方让谷子再次见到太阳。看得出来，老金有点不耐烦。他本以为一天能走两趟的，却被我们耽搁了。父亲坐在谷子旁边，让母亲和我带老金去街上随便吃点东西。我们回来的时候，父亲却和另一个检验员争吵起来了。这个检验员嫌我们的谷子秕谷太多，要我们把秕谷从谷子里剔出来。父亲对检验员说，世界上的谷子是可以分成两半的，一半是秕的，一半是不秕的——今年水稻得了病，像你的爹妈染上了病一样，你不能嫌他们……检验员说，标准我已经放得很松，你看你的谷子有几颗是好看的？像五十岁的女人，脸上全是黑斑，乳房瘪成麻袋，这样的谷子送给我也不愿意要，幸好，是给国家的——国家是最宽容的。父亲说，谷子的衣裳不好看，但里面是好的，像你的母亲，不管打你骂你，她的心都是好的。父亲的理论是那样坚硬，但检验员并不愿意和父亲辩论，那么多的谷子等着他去验收，他没空辩论。

晒了一次，又晒一次，一共晒了三次；风了一次，又风一次，一共风了三次。母亲哭了一次，又哭了一次，一共哭了三次。太阳要离开谷镇的时候，我们的谷子终于可以重新装上拖拉机，送到数百米外的粮仓入库。过了称，我们一袋一袋地扛着往仓库里走，爬上高高的谷子堆，把谷子倒掉。父亲毕竟心痛，那么多的粮食，一袋一袋地倒到像山一样宏伟的谷堆上，瞬间便看不到哪些是我们家的了。父亲倒完最后一袋子谷子，精疲力竭了，一屁股瘫坐在谷堆上："这个世界的人是分成两半的，一半是累死的，一半是闲死的。"没有人响应父亲的理论，粮所要下班了，工作人员在催促。父亲也许感觉到了无趣，看四下无人，挣扎着站起来，在高高的谷峰上撒了一泡尿。他用尽了最后的气力。他说这是他撒得最痛快的一次，像在世界的顶峰上撒的一样。

"世界上的人可以分成两半，一半是在粮所的谷堆上撒过尿的，一半是从不敢在粮所放屁的。"

父亲说。回家的路上，不知道父亲从哪里借来了力气，兴奋地引吭高歌。据我所知，这是父亲这一辈子里第一次唱歌。那歌声，畅快，雄壮，估计全世界有一半的人能听到，只有一半的人听不到。但他很快把借来的力气也用光了，像一辆漏油的车越来越接近抛锚。临近家的时候，他已经躺在老金的拖拉机上瘫死过去，直到母亲从牛栏那边传来一声惊叫。

这声惊叫，让人魂飞魄散。

老宋的功夫已经出神入化，不到两个时辰便将一头躯体庞大的牛分解成两半，一半是肉，另一半是骨头。肉像一堆泥巴横放在桌面上，骨头像多余的树根被乱七八糟扔在一个箩筐里。肉和骨头都在等待着卖出去。母亲的意思，天气那么热，又不是人们余钱多的时候，能卖什么价格就卖什么价格，别让它过夜。

夜色已经从天边奔袭而来，像一万头汹涌的公牛。

尽管许多的乡亲已经吃过晚饭，但还是络绎不绝地从这条村那条村赶过来，尽其所有地买走我家的牛肉，他们也不斤斤计较，多一点少一点都算了，把钱扔到母亲的竹篮里便走。因此，肉越来越少，骨头也正在逐渐减少。月亮升得老高了，一只等待了半宿的不知谁家的狗以迅雷不及掩耳之势叼走箩筐里的最后一根骨头。从傍晚到现在未发一言的父亲猛地站起来，抄起一根扁担往狗跑的方向气势如虹地追过去，闪眼间消失在夜色里。母亲焦急地后面要喝止不计较后果的父亲，但连她也找不到父亲和狗的去路，只好悻悻作罢。父亲眼睛早已经不好，一到夜里近乎盲。那些还没散去的乡亲劝我们兄弟去找父亲回来。

“阙叔都六十好几的人了，还跟一只狗斗什么气，要是摔跟头后果就严重了。”他们这样不理解我父亲。平日里，父亲并不是争勇斗狠的人。即使狗咬了他一口，他也不会迁怒于狗，而只怪自己躲避不及。

但他们说得是有道理的。父亲今天已经用尽了力气，如果父亲在田埂或者石阶上摔一跤，可能永远再也爬不起来。

“那根牛脚上的骨头不值钱，老宋刚才要白搭给我，我没有要，因为这种骨头煮不出味道来。”阙明海说，“那狗快饿死了才叼走那根骨头——那是谁家的狗啊，我们村没有这只狗。”

不管狗是谁的，我们兄弟，还有母亲分头去找父亲。一直到夜半，应该是十二点过了，还找不到父亲。母亲认定父亲肯定是出事了，是在哪里摔跟头了，爬不起来了，甚至已经听不到我们的呼喊了。我们的火把燃尽了一把又一把，方圆两三里内，险要的、坑坑洼洼的、容易引起人仰马翻的地方，我们都找到不止一遍了，仍不见父亲的踪迹。我们的喉咙喊破了，把熟睡的人们吵醒了一遍又一遍。哥哥也许更了解父亲，他说，也许父亲在躲着我们。

母亲陷入了沉默，茅塞顿开似的，突然扔掉火把，你们去吧，你们父亲就躲在家里。

果然，我们在家里发现了父亲。他枯坐在牛栏的角落里。石头板凳，背靠栏栅，侧身对着我们，他已经和黑暗融为一体，和木柱、栏栅分不清楚了。我注意到了，他的额头上有血痂，跟前的稻草堆上放着一根骨头。骨头沾满了尘土，看不见鲜红了。父亲却没有胜利者的欣慰，眼睛也不再发出光亮。

哥哥说，爸，原来你一直在这里啊。

父亲没有说话。纹丝不动。那千沟万壑的脸膛看上去更枯瘦了，但看上去更像一个悟道的修行者，一个了不起的哲学家。

母亲出现在我们的身后，但一直没有说话。她不知道说什么。她看得出来，父亲已经很脆弱，不堪一击，她害怕说错一句什么话会造成严重后果。因此，我们都不说话。先是母亲，后是哥哥，小心翼翼地退出了牛栏，回到各自的床上去了。我犹豫了一会，坐在牛栏的出口处。我和父亲的眼睛都面向着牛栏中间的那根柱子。我家的老牛平日就拴在这根光滑的柱子上边，它是牛栏的主人。它在这里都住了近三十年了。可是，今天我们从镇上回来的时候，发现它自己把自己绞死在柱子上。那条粗大的牛绳紧紧地缠着它的脖子，缠了三圈子，牛的躯体半坠在地上，牛头吊在空中，舌头吐着，双眼张得大大的，我从不知道牛的眼睛能张得那么大。村里的人说，牛是最能忍辱负重的，他们从没听说过牛也会自杀——你们家的牛肯定是受了它忍受不了的污辱，伤透了心才自己绞死自己的。这种说法占了上风，因为它是有道理的，连能言善辩的父亲也无法推翻它。他也无法用一半是什么、另一半是什么的“两分法”去解释，或者说，他不能。

我和父亲长时间没有说话。万籁俱寂，整个村庄静默得如大海。远处的群山和牛栏的栅栏把我们紧紧围在一起。这样的世界是无法分成两半的。我和父亲成了一个整体，因为我以为我理解了父亲。

我愿意和父亲一起默默地一直坐到天明。

但父亲首先说话了。说得很慢，生怕我听不懂。

他说，我家的牛是有尊严的，可是我们轻薄了它，它死后，我们本来也要让它有尊严的，但我们却把它的肉卖了，还差点让狗啃了它的骨头。

卖肉的时候，父亲蹲在墙角里，没有人注意到他。他却一直盯着老宋手中的刀。喃喃地说着同一句话：“从此以后，世界上就只剩下两种人，一半是家里有牛的，一半是家里没有牛的。”

我说，牛已经老得不成了，也许是牛不愿意连累我们才这样……爸，今天我家终于缴纳了全年的公购粮，这一年，我们都轻松了，我们比许多人都要轻松了，因此，我们应该比许多人都觉得幸福，爸。

父亲说，世界上的人可以分成两半，一半是……

父亲没有说话的力气了。尽管他可能想出了一个更精辟的道理来，可是他没有把它说出来的力气了。这一次，他真的是精疲力竭。此时的父亲应该像一堆沙堆，只需轻轻一推便分崩离析。

我说，爸，你累了一天，睡觉吧，明天还得下地干活呢。

父亲不说话了。他整个人已经枯萎，又像一棵久经风雨的树。

我说，爸，你在想什么呢？

父亲说，没什么。

但他的眼睛一直没有离开过那根柱子。柱子上的那根牛绳还在晃荡，还散发着浓烈牛涎气味。

我说，粮食没有了，我们还可以再种，牛没有了，我们还可以买回来……爸，你在想什么呢？

父亲说，没什么。

我说，现在，全世界上的人，一半睡了，另一半也睡了……

父亲说，没什么。

我说，爸，我早想告诉你，等我和哥长大了，读完大学，我们的生活会比粮所的干部好过，我们能让你和妈也过上城里的生活……

父亲说，没什么。

“爸。”

“没什么。”

……

我太困了。后来连自己也不知道问了父亲什么问题。问着劝着就睡着了。

当我醒来的时候，身边站着了母亲、哥哥，还有很多的人。他们的脸上满是哀伤。黎明早已经来到，阳光照到牛栏的中间那根柱子上，照到父亲的身上，照到他枯瘦的脸上。阳光还温暖着他的长长的舌头、瞪得巨大的眼睛和像黑洞一般辽阔的嘴巴……

那根牛绳子套在父亲的脖子上，紧紧缠了三圈子，他的身体一半在地面，一半吊在半空中。阳光下，那根牛绳子泛着光亮，整个牛栏像宫殿一样金碧辉煌。

我明白过来了。父亲绞死了自己。像老水牛那样，父亲不愿意拖累我们，父亲和老水牛都属于世界的另一半了。

同时，我终于相信了一个道理：世界真的是可以分成两半的。因为这是父亲说过的。那时候我还小，我相信父亲说过的所有道理，以此向他表达我的敬意。

中国银行

上个月城北营业所发生了一起抢劫，一个老态龙钟的妇女走近我的窗口，轻声地问我，“是中国银行吗？”我低着头正忙于数钱，就快数完了，因此没有及时抬头看她。可能是我的态度惹了她生气，她低吼一声，“你正眼看看我！”我听出了这是一个激愤的男人的声音，有些沙哑。我抬起头来，站在窗前的却是一个老妇。我吃了一惊，和气地说，我能为你做什么吗？老妇突然从口袋里掏出一支五四式手枪对着我，哗啦哗啦地吼叫，意思是让我把堆放在桌面上的钞票装进他扔进来的尼龙袋里。我和同事们立刻都明白我们遇上了劫匪，另外两个客户吓得夺路而逃。我很慌张，茫然不知所措。因为我才参加工作两个多月，从没遇见过这种倒霉事。我用眼角瞧了瞧其他三个同事，但她们也被黑洞洞的枪口吓呆了，高举着双手，没有给我任何指点，我只好将桌面上的一捆100元面值的钱小心翼翼地放进尼龙袋里。“装多点——装够十万！”老妇鼓励我说，“他妈的，有了十万元看谁还敢取笑我！”当我将装了十万元的尼龙袋递给老妇，她竟抱着钱袋子呜呼地哭了。营业所的潘主任似乎松了一口气，胸有成竹地示意我再扔给她一堆钱。我木讷地又将一堆钱递给“老妇”。那老妇对我吼道：“够了！”潘主任劝导说，袋子还空得很，多装点。她又示意我再递一堆钱给老妇。老妇一看到那么多的钱进了自己的袋子，竟然两眼发直，一股白沫从嘴里喷吐出来，并摇摇晃晃地倒在了地上。我被这个莫名其妙而富有戏剧性的情景弄糊涂了。潘主任却老谋深算地笑道：“这办法真灵。我一看就知道他是个精神病！”接到报警后的警察全副武装地冲进来，将老妇死死按住，然后拖走了。在拖走时，那老妇的花白色假发勾住一只垃圾桶掉在地上，我才看出来她原来真的是一个男人。枪也是假的，因为掉到地上时发出来的是塑料的声音，而且当场散了架。当天晚上潘主任给我打电话说，劫匪果然是一个有癫痫病史的外地人，刚从精神病院里出来几天。他要抢银行的理由很多，比如说他穷途末路了，孩子病了，本地人欺负了他，老婆跟别的男人睡觉等等，还有一条有趣的理由是听说中国银行是中国最有钱的银行，而且还有大把的美元和英镑。

几天后，我惊魂甫定便申请调到城南营业所。上班的第一天，营业所的新同事都以开玩笑的形式欢迎我的到来，小张还为我倒了一杯茶为我压惊，然后打开营业所的正门，面对熙熙攘攘的大街，开始新一天的营业。

我被安排坐在离正门最近的座位，那是请了产假的小李的位置，暂且由我代理。大家各就各位，准备面对不同的客户。我对这里的环境还不习惯，像刚刚搬进了一所新房子；对小李用的电脑还有点陌生，小心谨慎地调试一下。

“是中国银行吗？”

这时有一个尖锐的声音传到了我的耳朵。我确信，它也传到了其他同事的耳朵。我忙抬头一看，是一个头发雪白、脸上除了皱纹什么也没有的老妇。她的眼睛很小，鼻子扁平，嘴巴往里塌陷，看不见牙齿。这个老妇说不上端庄，也说不上十分丑陋，只是声音很尖锐，像撕裂布匹的声音。她是在明知故问，因为门口上头“中国银行”几个大字的颜色还很艳丽，相当醒目，如果她嫌汉字不好看，那么也可以看到中国银行的英文名称“BANK OF CHINA”，在三百米外也可以看得清楚。

之所以我心里有点不快，是因为她跟那个劫匪问了同一个问题，而且语气也差不多，带着鄙夷和嘲弄。如果那个劫匪还没被抓住，我完全有理由怀疑她是嫌疑犯并悄然报警。但我很快便肯定这是一个真正的老妇，一个风烛残年、弱不禁风的老妇。因此我很快消灭了内心的不快，微笑着和气地回答说，这是中国银行营业所，请问你是存款还是取款？我愿意为你服务。

我说话的时候，小张她们却低着头或转过脸去窃笑。我不明白她们为什么要笑，而且笑得那么心照不宣、鬼鬼祟祟。也许她们认为我心有余悸，谈虎色变，看到老太婆便想到劫匪。我也对她们坦然自若地笑了笑，表明我已经从劫案的阴影里走了出来。而且我确信，站在我窗口前的老妇是一个不折不扣的老妇，而不是什么假扮的劫匪——世界上有很多老妇，包括你我的母亲，但不一定都是劫匪。

“你帮我查查，县氮肥厂 4 月份的退休金到了没有。”老妇说。她把存折递给我。她的下巴刚好碰得到柜台的平面，双眼直勾勾地盯着我，似乎对我并不那么信任。

我还是有点手忙脚乱，你等一下，我马上帮你查——今天都 11 月 27 日了，怎么还查 4 月份的退休金？

老妇说，你是新来的？

我说是。

——小李呢？

——小李请产假了。

——你也生过小孩？

——我还没有结婚。

——你父母是干什么的？

——都是教师。

——教师好，教师的孩子有教养。你学校才毕业？

——快三个月了。

——你长得不错，我女儿年轻时也跟你差不多，可惜她比你死得早。

——哦。

——你比小李热情。

——是吗？

——小李很容易不耐烦，给人脸色，摔别人的存折，我看你不会。

我笑笑，我心想我可从没有摔过客户的存折。小李是一个很温文尔雅、说话和风细雨的女孩子，怎么会摔客户的存折呢？我怀疑这个老妇在恶意诽谤小李。我边想边给她查是否有新的款项到达她的存折上。

我查过了，她的存折上存进来的最新款项仍然是3月份的退休金，478元，3月28日中午到的，当天下午便被全部取出，现在的余额是2元8角。我告诉这个叫冯雪花的老妇：氮肥厂4月份的退休金还没到。这时我才想起，氮肥厂的退休金停发好几个月了。冯雪花突然破口大骂："吴国锋这个大贪污犯，把一个好端端的厂搞垮了！要天诛地灭。"

我被她震了一下。她的脸上全是失望和愤激，嘴唇在微微颤动。

"你们应该追问一下，你们有责任追问一下。"冯雪花喃喃地说。她接过存折的右手在不断地颤抖。她戴上台面上专门为老年客户提供的老花镜，再次打开有点折皱的存折，又审视一次。

我说，你耐心一点，退休金也许明天就到。

冯雪花厉声说，你们应该为我追讨！

我想，银行是没有为客户追讨债务或退休金的义务和责任的，营业所从事的只是存取转账支付结账之类的业务，过去曾经有过揽储的任务，现在不准那样弄了。当然，营业所还有其他的工作，如鉴别假币、给客户找零钱等等，但肯定没有为一个退休工人追讨退休金的职责——那是政府和法院的事情。因此，我只能对她说，你给我留下电话号码，退休金到账了我便马上通知你，好吗?

“好什么！你跟小李一样只会唬人！你们都是一路货色!”冯雪花生气了，显然她对我也失去了信心，轻易便把我和小李归为一类性格和服务态度的营业员。

此时此刻同事们反而不敢笑了，都故作忙碌，或者装作没听到冯雪花和我之间的对话，她们打开钱柜，取出一捆捆花花绿绿的钞票，习以为常地堆放在桌面上。这成堆的钞票在我们的眼里，简直就是一堆普通的纸，堆得再高也是纸，没有什么特别的感觉。但冯雪花的眼珠子被那一堆堆钱灼伤了似的，突然把手从狭窄的窗口伸进来，要抓桌面上的钱。但她的手太短，远远够不着。我的心猛然一缩，倒吸了几口冷气，老妇手中的存折好像变成了一支手枪，我顿时惊呆了。小张镇静自若，大声对冯雪花说，你想干什么!

冯雪花怔了怔，才对着小张破口大骂，我想摸一下钞票都不成?年轻时我数过的钱比你们整个中国银行的钱还多，你们算什么东西——你们得把我的退休金追回来!

骂罢，冯雪花气冲冲地转身要走，但系着一根绳子固定在台面上的老花镜从她的脸上掉下来，把她的眼眶擦痛了。她抓起那眼镜往台面上一摔，那眼镜便碎裂开来，那些刚进来的客户见此情形不禁目瞪口呆。我也由恐慌变成了震惊。冯雪花的脸上掠过一阵慌乱，推开一个刚刚走进来的挡路的男客户，快步逃之夭夭。

冯雪花走后小张她们告诉我，冯雪花每天都要来一趟营业所查领她的退休金，经常由于存折空荡荡而对我们破口大骂，小李就是被她纠缠烦了骂多了才摔她的存折的。小张笑嘻嘻地说，你要是经受得起考验，年底评先进我们都选你。小林调侃说，小马连抢劫银行的事情都经历过了，难道还应付不了一个老太婆的纠缠？这个先进工作者称号她得定了。营业所里洋溢着一阵阵欢笑声，窗口外的客户们也觉得心旷神怡。

冯雪花对我的纠缠才刚刚开始。小张她们告诉我，她几乎天天如此，差不多每天都是我们营业所的第一个顾客。她是固定找第一个窗口，因此从此以后我就是她要找的人。第二天，她像昨天那样，果然早早就来到了营业所。同事们对我会心一笑。我耸耸肩，既无奈又觉得不必太介意。我抱着无所谓的态度，既来之则安之，有什么大不了的？

这次是我主动跟冯雪花打了一声招呼。我说，冯姨早呀。冯雪花还是不容商量地大声说，你们嫌我烦了是不是？这是中国银行，不是你们的私人钱庄，我天天来怎么啦？看不顺眼不是？

我微笑着说，你误会了，我们并没有嫌你烦，为客户服务是应该的，你也是我们的客户嘛。

冯雪花说，我女儿的嘴比你还甜，可惜她死得比你早——你帮我查查我 4 月份的退休金究竟到了没有？

我说马上帮你查。我接过她递进来的存折，在设备上刷了一下，电脑屏幕上马上显示出 2 元 8 角的余额。我告诉她，还未到，你还得耐心等。

妆雪花突然大声骂道，这个吴国锋，天诛地灭啊！

我说，冯姨，你可以到氮肥厂去咨询一下……

冯雪花说，我天天去，每天出了中国银行的门口我便去氮肥厂，连人都找不着，他们像阴毛一样躲在裤裆里！

冯雪花骂得太脏了，我听得也觉得脸上发热，不敢正眼看她阴森的双眼。同事们也低着头作忙碌状。小张示意我不要跟她说话了。我便忍气吞声，给另一个刚来的客户办理业务。冯雪花还喋喋不休地骂。营业所里的顾客也觉得不舒服，但对她敢怒不敢言。

冯雪花煞有介事地说，中国银行跟氮肥厂是一伙的，你们都黑着心搞垮了氮肥厂，还不给我发退休金，想让我活活饿死。你们跟吴国锋是同谋，甚至你们都是他包养的情妇——吴某人倒台了你们还护着他！

我终于来气了，你怎么能侮辱人呢？

冯雪花吵架似的，吼叫着说，我就是要侮辱人，我都快饿死了，幸好还有力气骂骂你们，破鞋！

我猛地站起来，将她的存折往窗口外的大理石柜台一摔，严厉地警告她，你凭什么骂人？这里是中国银行不是街头狗肉摊，你不要太过分！

冯雪花说，我就是这样骂小李的，就不能这样骂你？你凭什么摔我的存折！你比小李好不到哪里去，你们都是一路货色！中国银行，一个专存阴毛的地方！你们数的不是钱，是男人的阴毛！

我长那么大，从没见过如此蛮横、鲁莽、粗鄙的老妇。先前我对她的景况还是有些同情的，但现在只有愤怒和厌恶。虽然我是中国银行的职员，知道任何时候都要善等每一个客户，但我是一个经不起辱骂的人——作为中国银行的职员，我也必须维护中国银行的尊严。我大声说，你可以骂我，但你不能骂中国银行——如果你的嘴巴不干净，故意扰乱银行的经营秩序，请你出去，不然我要报警了。

冯雪花似乎感觉到了我的愤怒和报警后可能面临的麻烦，右手挥舞着存折，胡骂了几句，在众目睽睽之下仓促而去。

我以为冯雪花经此一闹，再也不会来城南营业所。在小小的陶城一共有 8 个中国银行的营业所，全国联网，方便得很。但第三天冯雪花还是像前两天一样准时而习以为常地出现在我的窗口。

“是中国银行吗？”冯雪花轻声地问，像遇到一个熟人问“吃饭了吗”一样。

我冷冷地回答，是。

冯雪花说，东门口出了车祸，死者是我过去的一个同事的女儿，当场便死了，头脑浆液飞溅到灯笼桥。

冯雪花兴致勃勃地叙述她来中国银行的路上的所见所闻，欲向我们表示她已经完全忘记昨天的不快。但我们并没有搭讪。

“我的那个同事像我一样只有一个女儿。可惜她的女儿也死了，她也只能躺在床上等死，她都癌症晚期了。”冯雪花叹息说，“幸好，我还有一个儿子。”

因此，我知道冯雪花曾经有一个女儿，并且现在仍有一个儿子。很明显，儿子成了她唯一的依托，或者说是她比她的同事更幸运的理由。但我们没空或不屑于和她搭讪，况且她说的事情与我们一点关系也没有。

“小马，今天你不用查我的退休金了，我知道还没有到。”但冯雪花还是递她的存折给我，略带羞涩地说，“领 2 元。”

我接过存折，吃惊地说，2 元？你的存折余额只有 2 元 8 角了。

“急用——可以吧？”冯雪花好像害怕我不给她取款一样，说话的语气轻柔而尴尬，甚至还带着哀求，与前两天咄咄逼人的态度截然不同，看得出来，她对我有几分愧疚。

我说，存款自愿、取款自由，悉听尊便。

冯雪花带着笑意看了小张她们一眼。她们正忙碌着，无暇理她。冯雪花便谦和地看着我，希望我的手脚麻利些。

“给我零钱。零钱耐用！”冯雪花又叮嘱我一句。

于是我给了她蓬蓬松松的二十张纸币，同时告诉她，你的退休金确实是没有到。

冯雪花抓起存折和钱，转身便走了，走得很急。她穿着一身黑色的土布衣服，从背后看上去头发很乱，腰有些弯。

存折余额仅剩下 8 毛钱后，我以为冯雪花会隔一些日子才来。但她仍天天准时来一趟我的窗口，风雨不改，而且几乎是早上8:02左右，几乎还是营业所的第一个顾客。令人意外和迷惑的是，她突然变得安静而和善，不再吵闹，也不骂人，她还亲近地与我们每一个人打招呼。我们都为她的改变而感到如释重负，小张她们甚至还向我表示祝贺。其实这没有什么值得祝贺的，因为她的转变并非我的功劳，而且也不能给我的工作带来新的变化，我每天上班后的第一件事还是不厌其烦地为她查证氮肥厂是否已经发放4月份的退休金，结果却都是一样，4月份的没有发，4月份以后的自然也没有发，不仅她失望，我也失望。一年又将结束了，但冯雪花的存折上很久没有被刷新，有时候我也希望它被新存款刷新一次——我也想看到每一个客户的脸上都绽放着喜悦的笑容。

与过去不同的还有：冯雪花再也不鄙夷地、明知故问地问“是中国银行吗”，很多时候也不直接咨询她的退休金问题。她每天都会兴味盎然地告诉我们一个故事或者刚刚被她看到的新鲜事，故事大多是陶城鸡零狗碎的陈年旧事，如某女在“文革”时被扒光衣服游街后来被红卫兵轮奸之类，新鲜事往往是鸡毛蒜皮的日常小事，比如昨晚有人将死老鼠扔到她的厨房两个捡垃圾的男人刚刚在西街打架谁谁又突然死了等等，实在没有值得一说的故事或新鲜事，她也会指名道姓地说一些她认识的人的传闻甚至抨击一下日益糟糕的社会风气，反正不让自己的嘴巴闲着。她说话的时候，是站在窗台前，倚靠着台面，右手抓着暗红色的存折。我们不得不装作饶有兴趣地听她说事，每当听到值得一笑的地方我们也会报以一笑。

其实冯雪花也不是不明事理的人。她在窗口前不会待很久，一般是说完一件事便走了，走时还跟我们说一声“好啦，不耽误你们工作啦”，遇到顾客多的时候，她只说几句话便仓促走开，一般不会影响到我们的营业。冯雪花有时也许觉得没有什么趣事告诉我们，便送给我们一些花苗，大多数是普通的水仙、玫瑰、鸡冠花、三角花，不知道她是从哪里弄来的，硬是要我们拿回家去种在阳台的花盆上，并且会经常关切地询问它们的生长情况，好像那些花苗是寄养在我们家里的孩子一样令她放不下心。我们常常敷衍地说，长新芽了，出新叶子了，或干脆说开花了，好看。其实我们都没有把花苗拿回家，因为它们太普通了，而且又不是春天，难料理。但听我们这样一说，她便信以为真，欣慰地说，“家里有花，才是幸福家。”有一次，她突然有意无意地对我说：“先前我也有一个幸福的家。”说得有点伤感，但她没有多说，我们也没有多问！新的一年到了，我们礼尚往来地给她送了一些中国银行的宣传性挂历，她很高兴，第二天说拿去送人了，并因此觉得颇有面子，她和中国银行的关系也似乎因此好了起来。

有一天早上，我惊讶地发现冯雪花的额头上有个伤口，用纱布包扎着特别醒目。我关切地问她，冯姨，怎么回事？冯雪花躲闪着说，不小心摔跤了，有人在我家门口扔了香蕉皮。令我们更为惊讶的是，元旦过后没几天，她竟兴冲冲走到我的窗口，掏出一堆钱和存折一起交给我：“数数，一共 8 元。”是一堆零零碎碎的角币，仿佛是从乞丐盘子里倒出来的。我说，冯姨，有钱存啦？冯雪花说，快要过年了，也得存些钱了。我郑重其事地数了数钱，正好是8元。她的存折终于又被刷新一次。冯雪花端详了好一会存折，发现没有错误后又给我们说了一件趣事才走。可是第二天一早她又来把那8元钱取走了，还多取了5毛，存折只剩下3毛钱了。这一次，她脸色很不好，来的时候没跟我们打招呼，走的时候也没有说一声，走得很匆忙，当然也没有询问我们花苗的长势。

每近年终，营业所的业务都会成倍在多起来。我们因此很忙。在越来越浓的过年气氛中，我们关心起自己的每一个亲人和朋友。闲聊中小张突然惊呼：“好久不见冯雪花了。”这使我猛然想起，冯雪花似乎已经十多天没来了。于是我们稍有片刻空闲便猜测她为什么没来。她不来，我们反而好像缺少了一点什么似的，还是希望她隔那么几天便来一次，至少大年夜前应该来一次。

这一天的黄昏，我下班回家，经过旧人民食堂，拐过语录塔，穿过废弃多年的自行车厂，去探望一个朋友，经过和平巷的时候忍不住停下来往巷里瞧瞧。因为这里是氮肥厂职工聚居的地方[illegible]有[illegible]个小院子仍被称为氮肥厂宿舍，也许能偶遇到冯雪花。我从一条到处是垃圾的小巷进去，小心翼翼的，一会便听到了狗吠和男女的吵架，巷道里的行人很少，偶然遇到一个挑着担子、担子里装着废旧的男人，他的担子碰到了我也不说一句表示歉意的话。我正要装作生气地嘀咕两句，却被一个从一间瓦屋里冲出来的疯子吓了一跳。他是一个高大的疯子，蓬头垢面，目光凶险，向我扑过来。我惊惶地呼救，并扔下单车撒腿便逃。但小巷很窄，挑着破旧担子的男人挡住了我的去路，我说你快让让！那男人给我让开了路，我侧身走到了那男人的前面。跑了很远，我感觉到疯子没有追上来了才回头看，原来疯子被收破烂的男人阻拦住了。那男人正用扁担吓唬疯子，吆喝他回去。那疯子可能明白自己不是那男人的对手，才悻悻而回，转身消失在小巷深处。

我心有余悸地站在那里，央求收破烂的男人帮我把我扔下的单车拉过来。那男人热心地把单车拉出来送到我的手上，笑嘻嘻地说，妹子，你到这些地方干什么？天快黑了不怕抢劫？我笑笑。那男人说，刚才那个疯子是氮肥厂职工的家属，疯了好多年了，前几天又把他母亲都打伤了，他经常打他的母亲，人疯了连畜生都不如。我敏感地问，他母亲是谁？那男人说，叫冯雪花，她差不多也算是个疯婆了，不过她还给我捡过一些垃圾。

此后还有一些与冯雪花有关的零零星星的消息。小张说，她看见过冯雪花在菜市捡菜叶，小韩说她看见过冯雪花在邮政局前的垃圾堆旁和一个流浪汉为一只废纸盒争吵得轰轰烈烈，甚至还动起粗来，被流浪汉掴了一记耳光。小林还说，她看见冯雪花的右腿绑着厚厚的纱布——估计是瘸了，在西街口百货商场门前呆坐，屁股下坐着一只小破盘子——但她一直不敢把盘子端在手上，因此我们不能说她已经变成了乞丐。如果小林说的是真的话，也许是她儿子把她打瘸了。但我一直没有在营业所之外看见过冯雪花，而且我很久没看见过她了，我竟有点怀想她。

忽然到了大年夜。街市上张灯结彩，鞭炮声此起彼伏。我们也收拾东西准备回家吃年饭。我们首先送走最后一个顾客，把营业所的正门关上，然后我和小张抬起一箱子钱从侧门出来，放到运钞车上。运钞车已经在门外等候多时，运钞的司机看到我们走出来，跟我们开了一句暧昧的玩笑，我们都笑了，但那两个持枪的押运员没有笑，他们全副武装，一左一右，严阵以待，表情冷峻而威严，对周边的每一个行人、每一个可疑的动静都保持高度警惕，手指紧紧扣住冲锋枪的扳机。那些即将靠近运钞车的行人看到这个阵势都自觉而害怕地绕道而行，也有个别低头走路没有发现前面停着运钞车的人听到押运员厉声提醒、警告后赶紧拐弯疾去。

我们把两个装钞票的铁箱子都搬到运钞车上后，终于松了一口气，可以回家过大年夜了，大家的脸上都洋溢着笑容。然而，此时发生了我难以置信的一幕。在押运员准备关上车厢门的时候，一个头发蓬松的老妇拄着一根拐杖从营业所对面的大街斜冲过来，动作迅速，直取运钞车。

站在右边的押运员老宋大喝一声："干什么！站住！"那老妇并不停下，莽撞地靠近运钞车车厢，一把推开目瞪口呆的小张，一只手已经抓住车厢的门，另一只手要抓车厢里的钱箱。经验丰富又高大剽悍的老宋对着那老妇果断地来了一个扫堂腿，老妇啪一声趴在地上，老宋一脚踏住她的背，枪口顶着她的后脑。另一个押钞员一下扑上去，用右膝盖重重地压着老妇的腰，一手掐住她的脖子，然后反剪了她的双手，整套动作一气呵成，相当专业。我们被押运员的勇猛精干训练有素所折服，围观的行人也情不自禁地为他们鼓掌。

老宋把老妇提起来，抓起她的头发，仰起她的脸。这时候，我们被惊呆了。因为我们已经能清清楚楚地认出那老妇竟是冯雪花。她额头上的伤疤还很明显，但分不清是嘴巴还是鼻子在流着鲜血，血滴在坚硬的地面上很快便凝结了。她那根拐杖已经被老宋踢到旁边，司机小心翼翼地把它捡起来，警惕地反复打量看是不是被伪装过的武器。冯雪花双目紧闭，身子瘫软，站不住脚，估计她是昏死过去了。

在警车和救护车来到之前，老宋还从冯雪花的衣袋里搜出一块面包、一个精巧的中国结、两张皱巴巴的角币，同时还有一张暗红色的中国银行的存折。

一会，警车和救护车风驰电掣地赶到，带走了冯雪花。我们也带着几分惆怅赶回各自的家里过年。吃过年饭后，我坐在电视机前和家人看中央电视台春节文艺晚会，心里却总是惴惴不安的，快到十二点的时候，小张兴冲冲地打来电话说，刚才医院的医生说了，冯雪花总算挺过来了，没有死。这下我的心才轻松了许多，但一整夜都在担心她的儿子。这个年我过得好像很不是滋味。

春节过后，好像已经是二三月，世界上的新鲜事儿层出不穷，过去的事情我们也就很少提起，不知不觉中我们竟淡忘了冯雪花。大约是春天气息扑鼻的缘故，小张说应该种些花苗才好，大家这才偶然想起冯雪花来。一天早上，外面下着毛毛细雨，天气很不暖和，营业所的窗前冷冷清清，我们也懒洋洋地无事可做，等待着漫长的一天尽快结束。在寂静中我突然听到了一个微弱而含糊的声音："是中国银行吗？"这个声音似乎已经在我的耳边嗡嗡地响了几遍，但我环顾窗前，一个顾客也没有，连门外的大街上也罕见行人。我正惊愕之际，看见一只苍老、瘦小而肮脏的手缓缓伸到窗台，手中抓着一本有些破损的存折。

这只手是费了很大力气才摸到窗台的，它还像一只爪子一样艰难地抓着窗台不让它滑落。泥土深深地侵蚀了它的指甲，随着手掌的移动，洁净的窗台出现了污秽的抓痕。我轻易便判断到，这只手的主人是隐蔽在窗台之下，只是我们看不到。我站起来，伸长脖子，终于看到一个老妇弓着腰，一只手扶着椅子，竭力使自己站立着，但伸不直腰，连头也埋在窗台下面——她的头即使仰起来估计也够不着高高的窗台，花白而蓬乱的头发遮掩了她的脸，单薄的衣服看上去破烂而邋遢，整个身子都在不断地颤抖，连她倚靠的椅子也随之晃动。

我认出来了，她是冯雪花。我惊诧而惘惜地叫了一声："冯姨。"

小张她们也赶紧站起来探头看她。但冯雪花没有抬头和我们说话，突然慌乱地收起存折，摸起地上的拐杖，颤颤巍巍地转身走了。她的背驼得真厉害——我从没见过这样的差不多成

90 度角的驼背。她的右腿好像是废了，走路时是被拖着走的，成了她身体的累赘和行走的负担。看得出来，她很惊惶，好像害怕我们抓住她似的，因此她努力走得更快一些，但反而更加踉踉跄跄，跌跌撞撞，一个趔趄差点摔倒在门槛儿上。

冯雪花走出营业所后，小张她们反复地追问我，刚才那个老妇真的是冯雪花？我始终没有看清楚她的脸，但我敢肯定，她百分之一百是冯雪花。因为我还翻看了她的存折，存折上赫然写着冯雪花的名字和 0.3 元的余额。

这是我最后一次见到冯雪花。不久，小李回来上班，我调到了城东营业所，一个月后我调到了省城。从此，冯雪花杳无音信，而我们的中国银行却蒸蒸日上，使我对它更加热爱。

后记：向着经典写

淡定是一种心态，也是一种本事。我很早以前就喜欢上了“淡定”这个词。纯文学这一行当连“夕阳产业”也算不上，早就不能当饭碗去经营了，早就不被人待见了，早就没几个人愿意侍候了。那我们还焦什么急呀？跟谁急呀？放下包袱，朝着经典走，不焦急，慢慢磨。

二十年前，我在镇上读初中。有一天晚上，被一个穷困潦倒的诗人拖着从一个狗洞钻进了电影院，看《伊豆的舞女》，深受震撼。诗人告诉我，电影改编自小说，小说的作者叫川端康成。至今我仍然记得，简陋的电影院里只有寥寥的几个观众，连放映员都中途离开，直到诗人肆无忌惮地嚷起来他才从外面回来换片子。在那个孤独而由于旷课而惴惴不安的夜晚，川端康成把巡游艺伎薰子送到了我的身边。几天后，诗人把小说《伊豆的舞女》送到了我的手里。这是我接触到的第一部经典，我的目光一下被拉长，使我忽然有了一个激动人心的梦想。

经典作品是被种在作家内心里的种子。它会激励你，也会折磨你。我就被《伊豆的舞女》反复折磨多年。它呼唤着我，但离我又那么远。我想在它的身边立起另一座丰碑，但那么艰难那么遥不可及。然而，我的心一直在蠢蠢欲动，像一只蟾蜍要跳跃到月亮上去。父亲发现了我这个可怕的念头，坚决反对我窥伺他一无所知的文学。他对我的要求非常简单：读书，当官，光宗耀祖。他担心我因文学影响学习，在我读书的时候，几乎每隔一段时间便收到他的信，信上写的都是围绕上述主题的豪言大义，行间充满了武断和无知，但又低声下气地恳求我不要沾文学。每次收到这样的信我都很沮丧，但都极力按照父亲的期待去做。参加工作后，我到了政府机关上班，我的目标是尽快当上一名副乡长，以满足父亲平生之渴。为了这个目标，我付出了十年之功却没能实现。有一天，我对自己说，到此为止吧。于是我撇开了父亲，开始了写小说的旅程。这是十年前。

那时候，我对文坛几乎一无所知，但我知道像《伊豆的舞女》那样的小说才是好小说。后来，我又读到了马尔克斯、福克纳、博尔赫斯、卡夫卡、奈保尔和余华、苏童他们，知道站在川端身前身后的经典作家还有很多，还有很多像《伊豆》那样好的小说。我的标杆就立在那里了。我开始朝着他们走。但是，开始的时候，我有点急，希望一蹴而就，用不了几个回合就能站到川端们的身边与他们并肩而立，而稍一迟缓，他们身边便站满了人再也没有我的位置。于是，我度过了一段奇妙的时光：冲动，蛮横，狂傲，怀疑，困惑，自卑，胆小如鼠又浑身是胆，分不清楚白昼和黑夜，用不尽才华和力气，新的灵感每隔几分钟便来光临一次，像新开张的店铺顾客盈门、川流不息，无论我怎么忙碌也应接不暇。我的小说一篇一篇地大功告成，一个又一个被我虚构出来的人物行走在虚拟的世界里，令我惊喜交集，又忐忑不安：他们和经典小说里的经典人物有多大的差距？如果我的小说成不了经典，它注定就只是垃圾，非此即彼。我掉进小说的黑洞里去了，暗无天日，不是在写小说，就是为写小说而准备。像在一条没有尽头的隧道里疯狂奔跑，以为世界上只有我自己发现了这条抵达光明的唯一通道，而别人都被挡在门外，因而莫名地激动、亢奋和全力以赴，身体里有一百个川端康成鞭打着我，仿佛我能敌得过一百个川端康成，因而迫不及待，觉得生来就是为文学舍生取义、粉身碎骨的……

十年后，这些可怕的愚蠢和多余的激情纷纷向我挥手告别。我终于知道了作为一个作家，从来就不可能获得尘世中的光明。每一个作家都在属于自己的隧道里奔跑，没有尽头，好奇，孤独，狂乱，惊慌，迷失，绝望，一个人的战斗，光明永远只存在自己的心中。川端康成走完了他的那条隧道，他不跟别人赛跑，因而他没有焦急，走得那么从容，宠辱不惊，一步三回头。那是一个饱经风霜、历尽坎坷的人走过的路，没有痛哭，没有抱怨，甚至没有一声叹息，他以死的眼睛看到了光明。我庆幸及时地察觉到了自己的愚蠢和不自量力。不是顿悟，是自知之明。如果存在一个刻度的话，我隐隐约约地知道自己能到达哪里。我为自己当年的年少无知而羞愧。于是，我突然变得不急，变得只有理想而没有野心。我终于能独自摆平内心里此起彼伏的冲突和纷争。我非常认真地对待每一篇小说，每一个人物，每一个文字。向着经典，一步一步跋涉。我肯定成不了大师，但努力成为一个一丝不苟的匠人。我像制造和摆弄自己的家具一样，刻意将它们打磨得像骨头那样光滑、有棱有角，看起来像一件有灵气的家具，而不是一堆废物。有同行说我的小说像小说——写给小说家看的小说。我窃喜。是的，过去我希望得到普通读者的喝彩，越多越好，现在我更期待得到小说家的一声赞美，哪怕只是轻微得不易被察觉的点点头。小说家心里都有明亮的标杆和尺度，因而他们的判断更可靠。况且，普通小说读者越来越少了，大可不必想着征服全世界，有三五个真正懂你赞你的同行就不算白活，就像当年的川端康成遇到了我。

经典即理想。我变得越来越倔，不再为其他东西所动。我的世界也变得越来越小，就只剩下那么一丁点理想了。我闲散、悠然地守着这一丁点的东西，不会有人跟我争抢，如果不小心丢失了，那是因为我自己放弃。然而，我每次都以为离理想中的小说距离越来越短，越来越短，仿佛只有半步之遥。走完这半步就是成功，走不完这半步就什么也不是。但我明白得很，那半步是天堑，像生和死隔得那么远！既然如此，还焦什么急呀？淡定，再淡定，这半步就够我舒舒服服地走完这辈子了，那么，我用剩下的时光和耐性跟那半步较劲，跟自己理想中的小说较劲，看走完最后那半步到底有多难。于是，这些年，我写下了《鸟失踪》、《陪夜的女人》、《跟范宏大告别》、《回头客》、《爸爸，我们去哪里》、《骑手的最后一战》、《灵魂课》、《懦夫传》等小说……这些小说是我的桃花源，是向《伊豆的舞女》致敬之礼。如果N年之后，我不再提起上述这些小说，那说明，我已经朝着那剩下的半步又前进了一点点，或者，我已经跟自己，跟理想，跟那该死的半步达成了和解，从此内心已死，天下太平。

图书在版编目（CIP）数据

我在南京没有朋友/ 朱山坡著. -- 上海 : 上海文艺出版社,2022

ISBN 978-7-5321-7045-6

Ⅰ.①我… Ⅱ.①朱… Ⅲ.①短篇小说－小说集－中国－当代

Ⅳ.①I247.7

中国版本图书馆CIP数据核字(2019)第119249号

发 行 人: 毕　胜

责任编辑: 江　晔

特约编辑: 乔　亮

装帧设计: 钱　祯

书　　名: 我在南京没有朋友

作　　者: 朱山坡

出　　版: 上海世纪出版集团　　上海文艺出版社

地　　址: 上海市闵行区号景路159弄A座2楼 201101

发　　行: 上海文艺出版社发行中心

上海市闵行区号景路159弄A座2楼206室　201101 www.ewen.co

印　　刷: 上海盛通时代印刷有限公司

开　　本: 787×1092 1/32

印　　张: 6.75

插　　页: 5

字　　数: 134,000

印　　次: 2022年3月第1版 2022年3月第1次印刷

I S B N: 978-7-5321-7045-6/I.5634

定　　价: 49.00元

告 读 者: 如发现本书有质量问题请与印刷厂质量科联系　T: 021-37910000